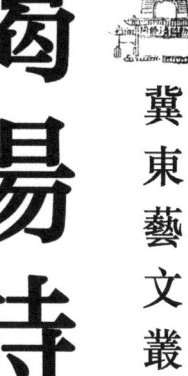

冀東藝文叢編

碣陽詩話

李夢花 著
馬小會 杜光熙 點校

燕山大學出版社
·秦皇島·

图书在版编目(CIP)数据

碣陽詩話 / 李夢花著；馬小會，杜光熙點校 . —
秦皇島：燕山大學出版社，2023.10
（冀東藝文叢編）
ISBN 978-7-5761-0455-4

Ⅰ. ①碣… Ⅱ. ①李… ②馬… ③杜… Ⅲ. ①詩話－
中國－清代 Ⅳ. ①I207.227.49

中國版本圖書館CIP數據核字（2022）第257886號

碣陽詩話

李夢花 著　馬小會 杜光熙 點校

出 版 人：	陳　玉
責任編輯：	柯亞莉
封面設計：	吳　波
出版發行：	燕山大學出版社 YANSHAN UNIVERSITY PRESS
地　　址：	河北省秦皇島市河北大街西段 438 號
郵政編碼：	066004
電　　話：	0335-8387555
印　　刷：	涿州市般潤文化傳播有限公司
經　　銷：	全國新華書店

開　本：	710mm×1000mm　1/16	印　張：	16　字　數：220 千字
版　次：	2023 年 10 月第 1 版	印　次：	2023 年 10 月第 1 次印刷
書　號：	ISBN 978-7-5761-0455-4		
定　價：	98.00 元		

版權所有　侵權必究
如發生印刷、裝訂質量問題，讀者可與出版社聯繫調換
聯繫電話：0335-8387718

李宗蓮先生七十一歲留介之像

舉國爭趨新世界　華髮銀鬚
先生晚景
國粹攸關
斯翁猶是古衣冠　留茲片影

受業陳修萍贊

碣陽詩話

李宗蓮先生著

予默題

得大名九卿重莫道寒儒家境貧買臣勤學尚負薪華得孔頫真樂處箒瓢蔬水也含舍大
休悲蓮蓉天者期衛武好學年況當血氣方剛日發憤何妨效老泉柳絮班昭漢
史嘗披覽則丈夫文芓足三徑二西胸羅人中傑人間萬事等濡濡德芟須當急進條余田溜海
有時變芸齋著作壽山邱
李鴻存宇彤久灣縣人已丑恩科舉人牛平孝友開口見心功夫異稟詩文超凡軼眾有
別様風流之概其詩文遺稿現已付梓無須贅錄茲擇尤錄其一二令人百誦不厭
諸部孝子事略有感
曾國去巴已蓮何庭求真儒孔咏道楊堰綱常蝶泥塗臣道誰臣矣子道萬里途知夫百善
之首士在國民四萬萬携手相論膚不有邵孝子人倉其同模觀記作者劉海夫百壽
口不厭歷歷如繪圖寫出孝子性至性不可淪寫出孝子人何途出孝主孝何等墨憶昔書府公孝子室
遊官信疏離雜案十條載存亡兩楔柳孝子罕父父歸馬知中道唉一朝朝震耗痛假刀割肺聲死
取遺骸勇決弗簿踪別母出門去水險凶山崎嶇閱年幾輛冠資齊乏素儒直蒼陵復蜀路邊阻
且絀慾如父死庭沙涉監跡無數年一札骨戟典詞根怵至誠鬼神感純孝天心學筆扶父欄
來切刻失村盧舜非夫所相孝子其孰乎　鉄行正趕超蠢地山水

歸安然還里間會記黃沙驛　孝子勝赴蜀都已過賈沙驛過鄰海門
姓止其行假面山水惡至本遺淳沒

煤窯歌

唐山礦苗奮地起入穴採煤人似蟻穴中有穴如蜂窯黑洞沈沈不見底鐵柱插天架鐵鋼
繩高掛歷雲裏飛輪籠轉作雷鳴有似轆轤汲井水兩繩容量大於船比彼下無時已似煤
非煤名老佝推作岡陵高數里推算堪稱與煤屑雖有巧層難屈指千顆萬騙煤出井條忽一
陣風過耳焜出井分大地空低頭恐懼撞頭喜喜為彎變商坦擺如足把存氷履杞人憂大
非無王不見鐵匠三莊今已矣　藏匠莊石家莊幾劉家莊路居人遷徒

懷王小航先生

西山遙對秦榛樓不老神仙在上頭灭假鏡湖歸賀監地隨秋水住莊周畫屏觀竉尋茶竈基
局閒時埋釣萬頃茫然舟一葦先生曾許我問遊
兩後遊漁河二首
郊原雨足綠烟浮穗重花輕麥欸秋雲外有尖留塔頂山之編
塔在最樹中無縫看城頭菌因地勢高

痛欲絕生願同衾死同穴何須勸慰哭如絲烈婦堅貞心似鐵婉言自恨實堂命也斯復何傷鳥家不改昔時態盤匜依舊姑嫜慶寄爲承歡濃夫葬畢竟必安守霸皮金逢初志烏啼月落魂銷耶魂銷耶何處招陰陽且陽一重路黃泉不覺閻山遠地下尋耶會相見紅塵萬事何足戀一言既諾重千金飲熄如齹色不變孀星一夜落九天遠近傳聞意黯然懷清豪榮愹費塚留得貞名萬古傳

西施

鑄美人無

除夕

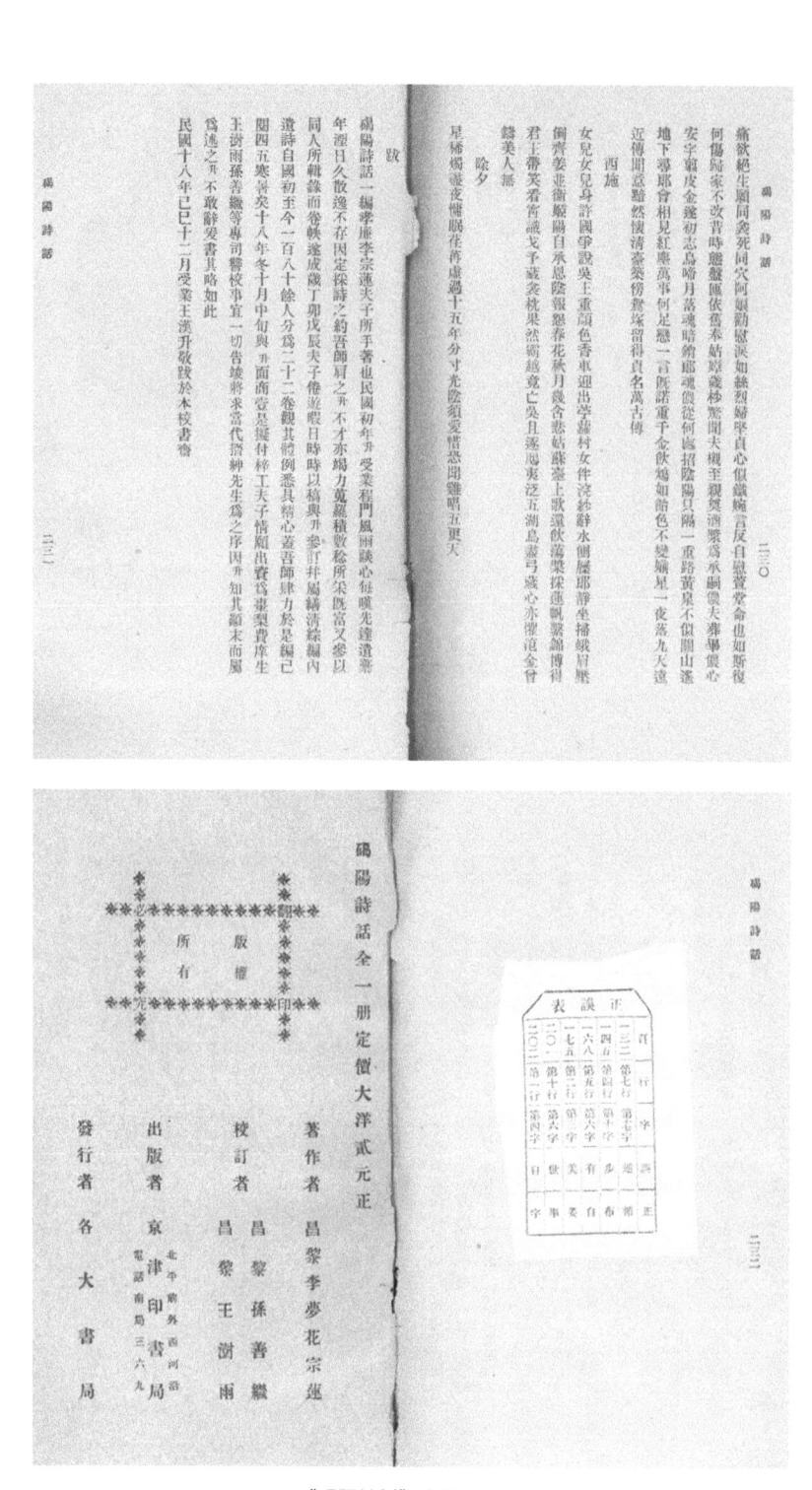

呈姊燭輝夜幗賜荏苒虛過十五年分寸光陰須愛惜忍聞雞唱五更天

女兒女兒身許國爭誇國色香車迎出堂蒜村女件冷紗辭水團屬耶靜坐搖戲眉歷倜儻姜龤衡媚賜日承恩蔭報怨春花秋月幾含悲姑蘇臺上歌殘飲碣榮探蓮珮翠鈿博得君王帶笑看宵歲戈予藏衾枕果然蜀夷泛五湖鳥盡弓或亦慳道金曾

碣陽詩話一編孝廉李宗蓮夫子所手著也民國初年升受業祝門風雨讌心短歎先逢遺蕞年澄日久散逸不存因定探詩之約吾師肩之升不才亦竭力蒐羅積數稔所朵飢富又參以同人所輯錄而卷帙遂成歲丁卯戊辰升偕子僅並假日時時以槁與升參訂並陽詩清槁編內遵詩自國初至今一百八十餘人分爲二十二卷觀其體例悉具精心蓋吾師肆力於是編已間四五寒暑癸升八年十月中旬與升面商壹是擲付梓工夫子情願出資爲棗梨費摩生王詢困孫善纖等專司讐校升宣一切告竣將求當代搢紳先生爲之序因升知其錙末而屬爲禱之升不敢辭叟書其略如此

民國十八年己巳十二月受業王漢升敬跋於本校書齋

碣陽詩話全一冊定價大洋貳元正

著作者　昌黎李夢花宗蓮

校訂者　昌黎王詢雨

出版者　京津印書局
　　　　北平崇外西河沿
　　　　電話南局三六九

發行者　各大書局

版權所有　翻印必究

《碣陽詩話》書影（二）

前　言

有宋一代，詩話盛行，及至清代，蔚爲大觀。在衆多清代詩話中，地域詩話是重要的組成部分之一，而畿輔地區的詩話僅存《紅豆樹館詩話》《止園詩話》《天津詩人小傳輯存》與《碣陽詩話》四種，因而對《碣陽詩話》的整理與研究顯得十分重要。

今整理出版的《碣陽詩話》是"冀東藝文叢編"中的一種。底本爲民國十八年(1929)京津印書局排印，梁啓超爲之作序，沈尹默題簽。該底本無標點，雖然凡例與序跋中均提及是書分爲四册二十二卷，但實際刻印時並未分卷目。目前可見的僅有京津印書局版，未見其他版本，因此整理者據全書内容及原書序跋所述，結合實際情形，酌釐爲二十二卷。

《碣陽詩話》作者爲清末民初冀東教育名家李夢花。李夢花字宗蓮，昌黎人，光緒十五年(1889)舉人，入民國後曾任教於灤州師範學校。又據現存的光緒己丑恩科《鄉試硃卷》記載，李夢花號希白，別號筱江，咸豐庚申年(1860)己丑月癸亥日生，系直隸永平府昌黎縣縣學附學生民籍，曾師從王述賢、趙藝林、魏錫疇以及孫履謙等。

編首二卷，按照凡例所敘，爲作者的隨筆記録，無先後古今之序及府縣之分。其宗旨爲"取大法大戒，有以裨益乎人心，而其體例則仿照袁子才《隨園詩話》"。其中，卷二又尤以直隸第三師範學校教員的詩作爲編。卷三至卷二十二則是仿照史夢蘭《永平詩存》體例，收録自清順治至同治

1

年間的詩人168家、詩歌491首。與《永平詩存》收錄詩人181家、詩歌2600餘首相比,《灤陽詩話》收錄作家數量上的減少主要體現在未將《永平詩存續編》中的作家納入收錄范圍,作品收錄數量的減少則體現了著者的詩選觀念。

《灤陽詩話》卷首雖爲隨筆記錄,但也體現李夢花的立身之道與處世態度,作者希望這些文字能夠裨益人心。他與袁枚一樣,皆以"立志"爲詩話開篇,且強調要立善志、立大志,惟其如此方能不滿足於自安,方能心懷天下。此外,李夢花尤看重氣節。面對鴉片戰爭中國戰敗的現實,他對王奉琛、張恂全家、李向南、江忠源等人忠貞不屈的民族氣節、慷慨赴死的壯舉給予高度贊賞。今日觀李夢花收錄的上述諸人的詩作,如"白頭蹈白刃,何惜一腔血""覆巢至竟身安在,爭似沙場裹革還""整肅衣冠頻北拜,與城生死一睢陽",仍能感受到凛凛有生氣。與此同時,借歷史事實以詠懷、勸孝重恩之作,也皆爲李夢花所激賞,由此成爲《灤陽詩話》的選詩標準之一。

在卷首中,還可窺見李夢花的詩學主張。比如,他強調"詩以道性情",情真理摯才足以打動人心。通過他採輯的文人事跡,可以想見他對父母、手足、妻兒、家國、民族的拳拳之心與殷殷之情。又如,針對胡大川的《舟幻想詩》,李夢花提出"自古文人詩思之靈,未有如此之妙者",肯定了詩歌創作中想象的作用。重性情、重風雅、重才氣成爲《灤陽詩話》的選詩標準之二。

卷二集中收錄了直隸第三師範學校職教員的詩歌創作。通過李夢花的記載可知,直隸第三師範學校曾建有詩社,並經歷了興盛、衰落、再興盛的過程。再次興盛之時還編有《灤陽酬唱集》一册,李夢花擇清新俊逸作品收錄在《灤陽詩話》當中。此外,本卷所錄詩歌還彰顯出編者對灤州景致的偏愛,由此選錄描寫灤河、偏涼汀、夷齊廟的詩歌,成爲此詩話的選詩標準之三。但此卷收錄的諸多詠貞婦、烈婦之詩體現了李夢花思想落後、保守的一面。

唐山是中國近代工業重鎮，灤州師范學校是近代北方教育名校，《碣陽詩話》針對二地著意采輯文獻，立言存照，成爲冀東極重要的文學文獻。比如《煤窰歌》，不僅寫出了唐山煤礦資源的豐富，也寫出了採煤人的艱辛，更寫出了這座城市在開啟近代工業文明之時，人們的喜悦與彷徨。除見證了寶貴的工業文化遺産之外，本卷還將所收詩歌的視野轉向世界，將王恩澍遊歷日本、斌椿遊歷歐洲所作詩歌納入詩話，有一些爲歌詠異國風光之作，有一些則爲吟詠他國以鼓舞本國士人之作。如王恩澍《自長崎登輪量船作》中"擊楫中流曾有誓，澄清壯志莫稍灰"，斌椿《黑人謠》中"蹈湯赴火亦不怨，其形雖噩心可讚，願以此爲臣子勸"，從側面表現出當時國人在落後境遇中自强不息的民族精神。

卷三至卷二十二從體例上來講，模仿史夢蘭的《永平詩存》，但細觀其所收各家詩歌數量，與《永平詩存》又有較大差異，往往體現爲《永平詩存》收錄甚多，但《碣陽詩話》收錄甚少。以常守方爲例，《永平詩存》收錄其作品達上百首，但《碣陽詩話》僅錄常守方雜言詩1首。其次，體現在編者對詩人所作的體裁或題材有偏好，比如詩人高作楓，《永平詩存》存其詩28首，且多爲律詩、絕句之作，但《碣陽詩話》僅錄其古體詩兩首。又如詩人楊在汶，《永平詩存》收錄其詩67首，贈答詩、詠物詩、紀遊詩等一應俱全，但《碣陽詩話》僅錄其詩3首，其中兩首爲《粵西土匪煽亂朝命相國某防剿紀事》。再次，體現在組詩的選錄上。如《永平詩存》收錄蔡斑《秋日寄懷高十六章之》共4首，但《碣陽詩話》僅存其第一首，《永平詩存》收錄薛國琮《伊江雜詠》達百首之多，但《碣陽詩話》僅錄其5首。最後，體現在對女性詩人作品的收錄上。《永平詩存》收錄的女詩人僅有8家，《碣陽詩話》在此基礎上又增加了吴伯馨、瓦蘭芬、長白佩珊3位女史的作品以及清代女詩人繆寶娟、金婉勤、徐淑儀、張馨祖、張兆枚、張兆檀的詩作，共計17家，作品76首。《碣陽詩話》對《永平詩存》中的女詩人作品進行了選錄，對於陰烈婦李氏，李夢花還補充了《永平詩存》中未收錄的《絕命詞》。總體而言，李夢花擇詩主要遵循以上這三個標準。

正如梁啟超在序中所言："余深嘉宗蓮是編之撰著，在今日若無足重輕，在將來則大有關係。然則是篇行世，足挽既倒之狂瀾而作中流之砥柱，洵後學之津梁、詩家之寶筏也。"《碣陽詩話》產生於西學東漸的時代，彼時"詩词歌赋諸编，久已弃如敝履"，李夢花逆流而上，廣搜博採，著成詩話，意在振興風雅，嘉惠後學。同時，《碣陽詩話》踵繼史夢蘭《永平詩存》《止園詩話》，也成爲冀東文脈由晚清延伸至近代的有力見證。

點校工作中，凡有所校訂，則隨文出脚注，底本中異體字已作適當統一，明顯的刻誤字未出校。爲適應今人閱讀習慣，改爲橫排版式，底本小注中的小字雙行已改爲小字單行。在點校過程中，承蒙石向騫老師、柯亞莉編輯的有力協助，謹於此並致謝忱。

二〇二三年五月馬小會於南京師範大學隨園校區訪學時

目　録

序 …………………………………… 梁啟超 1
序 …………………………………… 張念祖 2
序 …………………………………… 劉　霖 3
序 …………………………………… 高鳴謙 4
序 …………………………………… 蕭樹勛 5
自記 ………………………………………… 6

凡例 ………………………………………… 1

卷一 ………………………………………… 1
卷二 ………………………………………… 27
卷三 ………………………………………… 31
卷四 ………………………………………… 41
卷五 ………………………………………… 54
卷六 ………………………………………… 71
卷七 ………………………………………… 82
卷八 ………………………………………… 87
卷九 ………………………………………… 98

卷十	112
卷十一	117
卷十二	123
卷十三	137
卷十四	146
卷十五	153
卷十六	161
卷十七	172
卷十八	181
卷十九	185
卷二十	196
卷二十一	201
卷二十二	211
跋	236

序①

　　詩②話作於今日，每以境過情遷，鄙薄者有之，擯斥者有之。謂當兹新學盛興，雖賢傳聖經且將束之高閣矣，奚取詩話爲哉？吾謂不然。天下事往往有行之當時不甚重，而傳之後世最足多者。觀於科舉時代，人人日手一編，家喻户曉。雖以古昔《虞山詩話》《漁洋詩話》《隨園詩話》，名人筆墨超出群倫，然數見不鮮，亦不過各成一家之著作已耳。惟當詩學革命之秋，代遠年湮，此調不彈已久。後儒即有志學詩，前無所師承，後無所仿照，譬諸昏夜失路之人，悵望前途，倘無人焉爲之指導，其方向奚能歸正道而出迷津？一旦是編出而問世，爲後進留一線之傳，如飢得食、渴得飲，殆較之唐宋元明以來各詩話，事半功倍，料舉世當必格外歡迎也。

　　余深嘉宗蓮是編之撰著，在今日若無足重輕，在將來則大有關係。然則是篇行世，足挽既倒之狂瀾而作中流之砥柱，洵後學之津梁、詩家之寶筏也。余故甚爲贊成而爲之序云。

　　　　　　　　　　　　民國十有五年梁啓超序於保陽客寓

---

① 此序原無篇題，乃整理者所加。
② 詩，原作"時"，據文意改。

序

詩文評類，其目凡五。有究文體源流，評其工拙者，劉勰《文心雕龍》是也；有第作者甲乙，溯厥師承者，鍾嶸《詩品》是也；有備陳法律者，皎然《詩式》是也；有旁採故實者，孟棨《本事詩》是也；有體兼説部者，劉攽《中山詩話》、歐陽修《六一詩話》是也。自建安黄初，下逮有清光宣，作者都數百家，要以此五例爲準，莫不足以考證舊聞，發抒新義，討論瑕瑜，別裁真僞，洵藝林之盛事焉。邇來詩體革命之説，倡興於海內，摭拾俚詞，附庸風雅。問以漢魏唐之派別如何，不知也；問以初中晚之聲調如何，不知也。間有人焉，採鄉土文人之零章斷句，擇其尤雅，萃爲一編，非特用以闡發潛幽，且使世之留心於音韻者，取以爲博採旁搜之助，其功德庸不偉歟。

李先生宗蓮，有清名孝廉也，以文章鳴碣山灤水間。鼎革之後，閉門不問世事，而惟從事於著述。歲癸亥冬月，遇於天津客邸，出所撰詩話若干卷，委之曰："爲我序之。"展讀未竟，與人告法政學校火。時余方濫竽講席，存校之衣服、書籍半付焚，如命駕急歸而斯舉遂輟。越二年，喆嗣濟川造門，又以序文相促。夫吾鄉詩話之作，首推樂亭史香厓前輩，數十年來無人繼起，而先生獨於國家競言實學之秋，提倡詞章，採菁汰粕，詎故與世人立異哉！蓋詩者樂也，樂經淪亡，人心不古，得温柔敦厚之音，歌詠而涵濡之，則俗純矣、化美矣。由斯編以上溯之而明清，而唐宋，而漢魏，而《三百篇》，家絃户誦，正樂之功在是矣。謂斯編爲香厓前輩《止園詩話》之嗣響，僅以考獻徵文，猶淺之乎？測先生也。

乙丑孟秋世愚姪張念祖序

序

詩話之著,肇自宋元蘇東坡、米元章、秦太虛、黃山谷輩,咸有採擷。然片幅短章,散見各集,未有專書。至元代虞道園、揭奚斯諸人,既工詞章,尤尚風雅,而各種詩話遂風行一世矣。由明迄清,繼者踵起,如陳眉公之《石樵詩話》、錢牧齋之《虞山詩話》、王阮亭之《漁洋詩話》、袁簡齋之《隨園詩話》,類能洞達詩學之淵源,發明詩法之奧,而斷章取義以詔後人。雖所引不過隻句單聯,而詮釋略加則全神畢露,誠歌詠之津梁,詞章之寶筏也。洎乎清季變法,民國維新,擯庶子之春華,採家丞之秋實,而詩詞歌賦遂闃寂無聞矣。

昌黎李先生宗蓮,以名孝廉教授畿東士林,仰如泰斗,家居多暇,搜輯古今各詩,間附己作,勒爲四編,名曰《碣陽詩話》。蓋亦慕陳、錢、王、袁之風而興起者也。行將付梓,來書命序於余。夫余與先生同事灤校者三年,相漸以道義,相磨以文章,固不僅一吟一詠間也。然酒後茶餘,燈前月下,亦嘗爲之。先生之深於此道,爲余所服膺者久矣。來書命序,又何敢辭?畿東十州縣,先達半彫謝,新進儘時髦,詠吟事息,風雅道消,此調不彈久矣。先生毅然爲之,且勒爲成書,以相倡導,嘉惠後學,良非淺鮮。蓋所以振興風雅,陶寫性靈者,寓於此矣。梓而行世,傳播畿東,較宋元明清諸公所爲,旨趣不必皆同,所以維繫文化者,要無以異也。

時民國戊辰季秋豐潤劉霖序

序①

　　宗蓮先生大名,甚似羅江東,余聞之熟矣。當余束髮受書時,凡我同仁,好討論經學,精研子集,以及工于詞章,深于訓詁者,即莫不盛稱先生。先生蓋在學界中,固早負山斗之望矣,迄今四十餘載。余雖欽欽在抱,却未躬一親顔色,是直與渡江不見劉元城,過泗州不見大菩薩者,同爲人生惟一恨事也。余年逾知命,先生亦壽邁古稀,以人事相推,所謂坐以春風,沾以化雨者,亦直理想中事實耳。昨有友持先生《詩話》一書,書凡四册,都數萬言,囑序於余。余何人斯,敢贊一詞。惟斯書蒐集之詳審,評判之精嚴,與夫如霞如錦如百寶璀璨之大作,咸與我心有戚戚焉。故雖明知寸莛擊鐘,不能闡揚賢者於萬一,然即援此作,見羹見牆之表示,諒先生亦必不我蚩停。惟先生僅以名孝廉終,未得一展驥,足爲可於邑。倘得一枝,略借其鴻編鉅製,且與涑水之封章,西山之《大學衍義》,同重京華,區區詩話云乎哉?然當詩教掃地無餘之日,得斯編出而振元音,揚風雅,並或藉以恢復温柔敦厚之旨,則先生此舉較之衰起八代之文,尤自别有千秋,是功且不在昌黎下,豈不懿歟?因付棗梨,弁此數語,未知先生以爲雍之言然否?

時中華民國庚午年春三月昌黎高鳴謙序

---

① 此序原無篇題,乃整理者所加。

序①

  昌黎,古營州地,南臨渤海,東控榆關,西挹灤江,北當碣石。山川靈秀之氣,發爲文章,邑韓氏族,即國子先生所自出也。文公往矣,自唐而宋而金元而明而清,含芒歛鋭者,已垂千餘年,秀出輪囷,而聞宗蓮李先生焉。先生邑名宿,幼有神童目,就外傅,文采昭於時。光緒己丑舉孝廉,益致力於學,工詩、古文辭,兼善倚聲。一藝既成,傳誦遍遐邇,邑賢豪得先生片紙隻字以爲珍。而先生固以文自娱,初不屑以炫世也。民國以降,西化東來,領異標新,學人趨之若鶩,行見數千年之國故,日就淪夷。先生出而講學,豈得已哉? 勛以鄰封後進,慕下風,仰餘光,蓋已有年,而恨未得一親謦欬。己巳秋來昌黎,任匯文中學國文課,以同學諸子多出先生門,於先生之鴻篇鉅製頗有録存者,前輩典型,琳琅在目,亦云幸矣。先生於文既精博,而論詩尤切當,所著《三餘雜録》《碣陽詩話》等,聞各成巨帙,未能披卷而快讀之,尤爲深恨也。賀子槐三,勛之總角交,爲言兩書將付梓,丐勛必爲序。勛以游夏列,縱熟讀而精思之,或未敢以贊一辭,僅於高仰景行中,序亦豈易言耶? 特就耳所食,略述先生梗概謹如右。至豹之炳、海之洪,實未敢以管窺而蠡測也。

樂亭蕭樹勛序

---

① 此序原無篇題,乃整理者所加。

自　　記[①]

　　雪窗無事，寂寥寡懽，兀坐一編，小有著作。茲既告成，名曰《碣陽詩話》。第科舉既廢，詩詞歌賦諸編，久已棄如敝屣。詩話作於今日，譬諸飲食，土飯塵羹，已成陳迹。當亦新界文人，倡新道德、新學問者，所不肯爭先快睹也。雖然，詩詞雖舊，國粹攸關，使任其淪亡，不爲之搜遺而訂墜，恐事過境遷，無論山林隱逸之作，必至寂寞無聞。即搢紳簪笏之家，或吟風弄月，或抒性言情，世乏傳人，亦卒與草木同腐，豈不大可惜哉！所賴一二同志者，沆切咨詢，殫搜採，上自閥閱簪纓之族，下逮林泉枯槁之儒，旁及方外閨中之儁，遠搜博采，著成一編。異日有志詩學者覽之，不但學問文章可知大略，即此久絶未續之詩，亦可因流溯源，而得識其端倪焉。則是集之成於文學一科，或亦不無小補也，是亦告朔存羊之旨耳。昔李穆堂侍郎云：“凡拾人遺編斷句，而代爲存之者，比莽暴露之白骨，哺路棄之嬰兒，功德更大。”余著是編，亦猶斯意也夫。

昌黎李夢花自記

[①] 此自記原無篇題，乃整理者所加。

凡　　例

　　一　是編首二卷，隨筆記錄，並無先後古今之序及府縣之分。其宗旨則取大法大戒，有以裨益乎人心，而其體例則仿照袁子才《隨園詩話》。

　　一　是編二卷以下，由前清順治丙戌，迄同治乙丑，悉以科第之先後爲序，其無科第者，則就其人之時代，而後先之體例仿照史香厓《永平詩存》。

　　一　是編所錄詩人，均註姓名、住址，間有存其詩而失其名者，亦姑付之存疑之例。

　　一　是編每人名下，其有官爵與著有何書，暨有嘉言懿行者，必詳細註明以備參考。

　　一　舊日文人詩賦之刻，皆以蓋棺爲限，是刻之詩，傳於身後者有之，錄於生前者有之，固不拘拘於舊例也。

卷　　一

人莫先於立志。志者，心之所之也。故志在善，則行善，志在惡，則作惡。不待見諸事實，即其一言一動、一吟一詠之間，恒有流露於不自覺者。《虞書》云："詩言志"，良有以也。昔洪秀全與駱秉章本是同鄉，幼時兩人同學，曾當暑夜同浴魚池，秀全出了一課，要秉章屬對。秀全出句是"夜浴魚池搖動滿天星斗"，秉章對句是"早登麟閣挽回三代乾坤"。兩人志向不同，後來作爲各異，即此可見一斑矣。

王奉琛，灤縣人，前清乙亥舉人。生平經術湛深，氣節堅勁。其講學也，循循善誘，平易近人，藹如也。及臨大節，則有確乎不可拔者。中東之役，金海淪陷，公以大挑二等教授金州。時滿城官吏聞警潛逃，公獨朝服朝冠坐明倫堂上，率合家以死自誓。觀其賦詩見志，至今凛凛有生氣。雖以強悍之東兵，猶且尊而禮之，馴至舉家無恙，洵所謂"臨大節而不可奪，君子人與"。其詩曰："堂本是明倫，十年涖兹土。一旦棄而逃，遺臭恐千古。人生有君父，難在臨大節。白頭蹈白刃，何惜一腔血。松柏有本性，枝枝耐歲寒。笑他滿城發，應自屬春官。"

張恂，諡文節，錢塘人。咸豐壬子翰林，髮逆英人之變，感懷時局，慷慨賦詩。辛酉在籍，粵匪攻陷錢塘，公偕繼室勞氏及子惇典、從典、念典投井死，事聞賜諡。

其詩曰：

百粵山川莽萬重，狐鳴篝火久藏蹤。徙薪詎至憂焦額，遺患由來誤養癰。郭令天亡無上將，孝侯師出挫英鋒。後來受鉞成何用，五嶺蒼茫自夕烽。

已見欃槍指岳州，郡官宴客尚高樓。忽驚旂鼓天邊落，不信風帆檻外收。亡命且從張儉遁，守陴誰共杲卿留。洞庭自昔稱天險，目斷湘江日夜流。

建業巍巍萬雉環，天開形勢壯鍾山。自聞單舸奔逃後，遂破堅城旦夕間。殷浩虛名動江左，哥舒一戰棄潼關。覆巢至竟身安在，爭似沙場裹革還。

祖肉牽羊竟乞憐，豈知禍福總由天。金繒枉議求和款，玉石難分慘劫年。裹幘脅從張角教，破家搜掘鄧通錢。傷心一片隋堤柳，和雨和風總化烟。

蔓延從此翦除難，極目中原付浩歎。纔報黃腰馳鄏鄏，又聞青犢入邯鄲。雲屯上谷旌旗滿，火照甘泉日月寒。畿輔由來清肅地，休令匹馬近長安。

宵旰殷憂仰紫宸，樞垣密勿贊絲綸。大農屢告輸將匱，比戶誰憐杼柚貧。唐代山河原廣大，漢廷法律總寬仁。君看覆轍紛相種，東市朝衣有幾人。

台省袞袞列群公，退食依然盛世風。懷古漫勞思李牧，救時端合用姚崇。人才銷盡昇平後，世變都生苟且中。欲轉乾坤憑隻手，莫教閉戶但書空。

《英人之變》：滄溟東望沒蓬萊，坐遣鯨鯢跋浪開。四海正逢全盛日，六韜誰是出群材。談兵趙括生猶死，掠地孫恩去復來。定有長城堪保障，幾人冠劍上雲台。

2

威行萬里靖烽煙,韓范勳名震九邊。一自金牌來北闕,頓教銅柱折南天。奇兵盡徹重洋戍,和議翻摻九府錢。此日五羊城郭外,颶風鱷浪總腥羶。

道光二十一年,英艦入浙,定海、鎮海各要害相繼失守。總兵王錫朋、鄭國鴻、葛雲飛等,同時徇難。洎英兵到城下,軍士驚潰,文武官員星散,欽差裕謙投水,縣丞李向南,區區小吏,守志不屈,朝衣朝冠自縊。臨死還留絕命詩二首,可謂從容就義矣。詩曰:

有山難撼海難防,匝地奔馳盡犬羊。整肅衣冠頻北拜,與城生死一睢陽。

孤城欲守已倉皇,無計留兵只自傷。此去若能呼帝座,寸心端不聽城亡。

孔子曰:"敬鬼神而遠之。"此言最當。若迷信太深,鮮有不致敗者。孫恩之亂會稽,內史王凝之世奉天師道,謂官屬曰:"我已請大道,借鬼兵,守諸津要,不足憂也。"竟不設備,恩遂陷會稽而殺凝之。廣東總督葉名琛,平素信奉呂祖。英法入粵,迷信乩語,不肯先事預防,竟至被擄。幽禁印度鎮海樓上,逐日誦經。作詩自稱海上蘇武。詩曰:

鎮海樓頭月色寒,將星翻怕客星單。縱云一范軍中有,爭奈諸軍壁上觀。向戍何心求免死,蘇卿無羔勸加餐。任他日把丹青繪,恨態愁容下筆難。

零丁飄泊歎無家,鴈札猶傳節度衙。門外難尋高士米,斗邊遠泛使臣槎。心驚躍虎笳聲急,望斷慈烏日影斜。惟有春光依舊返,隔牆紅徧木棉花。

江忠源,謚忠烈,新寧人,以縣學附生選爲道光丁酉科拔貢生。旋中是科鄉舉,因勦青蓮教匪有功,以知縣用。生平喜談兵,多方略。洪楊之亂,公率湖南鄉勇出境討賊,屢著戰功。用兵善以少擊衆,有岳武穆之風。忠肝義膽,出自性天。廬州之役,力疾而行,抵廬,而城無現糧,藥鉛告竭,公病益劇,不食數日矣。城陷,投水死。公學問湛深,兼長詩律。讀《癸丑章門病中感懷》之作,令人三復不忘。詩曰:

東望三城久未收,又聞鼙鼓入中州。孤城保障吾何敢,大局艱難劇可憂。前席屢思廉李將,中興誰是岳韓儔。危時抱病多幽憤,差喜甘霖兆有秋。

人不患有過,過而能改,斯爲最善。朱原虛,江州人,有弟二人,父母俱逝世。弟幼,遂匿父所遺綾錦而異居焉。其二弟貧乏不振。一日,鄰人請紫姑仙,原虛過之,曰:"仙姑能詩,幸惠一聯。"仙云:"何處西風夜捲霜,鴈行中斷各淒涼。吳綾越錦成私篋,不見姜家布被香。"原虛大慚。明日,召二弟還,與之完婚,力佐其讀書,遂皆登科,典州郡。二弟事,原虛亦如之。

壬子秋闈,嘉興高生首場三藝後,忽大書絶句二首,曰:

記否花陰立月時,夜闌偷賦定情詩。者番親試秋風冷,冰透羅鞋君未知。

黃土叢深玉骨眠,淒涼回首渺如烟。不須更織登科記,繡到鴛鴦便是仙。

後書"吳門細娘題於浙江鎖院"。生出闈後,即星夜買櫂歸,未及家而死。此必始亂終棄至飲恨以殁者,然詩句怨而不怒,頗得風人之旨。而竟失身匪人,致成怨偶,亦可哀已。

王海樵夫子,盧龍舉人,生平學問優長,兼工詩賦。丙戌、丁亥之年,余以諸生受業,凡一觴一詠,莫不收入詩囊。惜喪亂之秋,半多遺失,無如何也。先是,永平府太守游公智開,歷任數年,頗多善政。先生講學之年,適游公升遷四川總督。同人徵詩,歌功頌德,先生因作七律四首贊美之:

記騎竹馬戲童年,聞說鄰封父母賢。先生盧龍縣人,游公先由灤州知州升永平府知府。幾載雲霓空有望,一朝雨露果無偏。劍牛舊俗登時化,琴鶴輕裝本郡遷。此日福星光正耀,欣從陸地識神仙。

聞招野老問鋤耕,忘是尊官畫戟榮。花落訟庭春有腳,澤流下土雨無聲。醇醪共飲平陽化,草木咸知萬福名。擬把黃金鑄生佛,吏民齊口頌神明。

萬卷琳琅手護持,爲開廣廈聚英奇。家承立雪千秋統,地接聞風百世師。天上春回忘畛域,堂前鏡啟判妍媸。彥威自撰襄陽記,文獻能徵更有誰。

一朵慈雲兩袖風,成都匹馬去匆匆。瓣香敬爲南豐供,夢象遥知北闕通。何日兒童迎郭伋,當年孺婦識溫公。名山新染如椽筆,準備家家畫放翁。

詩以道性情。人生之富貴貧賤,往往流露於其間。宋寇準八歲《詠華山》云:"只有天在上,更無山與齊。舉頭紅日近,回首白雲低。"宋王曾《詠梅花》云:"雪裏未問調羹事,且向百花頭上開。"厥後功名富貴皆驗此,可見一斑矣。海樵先生才高運蹇,性豁達而好揮霍,終歲債累重重,怡如也。兹恭錄夫子《館齋雜詠》。四十年來如親化雨,如坐春風。先生雖歿,耳提面命之殷勤,依然如昨。三復斯詩,曷勝浩歎。

《館中悶坐》云:"三十爲郎未足矉,我將四十尚儒巾。愧無小補酬斯世,儘有奇窮累此身。百鍊文章成鑄錯,半生名譽付飛塵。強顏且飲揚雄酒，差喜猶來問字人。"

《春寒》云："嚴冬朔氣緊相催，已入新春暖未回。人事無緣逢熱客，天心有意鍊奇才。爲添松柏精神健，那許鶯花笑語陪。賤子一寒終至此，綈袍何望故人來。""出門相約去尋春，春渡江來莫問津。雪漬馬蹄遲路上，冰圍漁艇滯河濱。山容未展難逢笑，柳眼將開却帶顰。屈指百花生日到，曉風料峭正愁人。"

《詠千坡嶺》云："千坡嶺上少人行，我到千坡倍暢情。照眼瀲光波上下，盪胸雲影日陰晴。林圍石磴疑無路，犬吠山村忽有聲。羨煞數家臨水住，桃源風景老淵明。"

李公蔭圃，灤州望族，家素封，而性耽吟詠。平生著作，業已付梓，無須記錄。茲錄《夏日即景》一章，讀之真令人神清氣爽：

黑雲壓屋雷聲走，電掣金蛇風乍吼。殷地燒空勢破山，萬樹齊號天地醜。劃然一聲雲亂飛，白雨如注迷四圍。填填震震江海立，共工頭觸天爲摧。須臾倏罷商羊舞，風止雲開收雷部。簷溜猶聞滴瀝聲，虹霓却見東方吐。東方虹起若染緋，急雨消殘烈暑威。極浦涵空天氣朗，蔚藍一色明斜暉。斜暉隱隱清風度，杖藜玩景池邊步。對對游魚唼落花，波光搖動荷盤露。移時歸傍北窗眠，薰風一枕來無邊。煩憂盡袪涼沁骨，悠然一夢小神仙。

《論語》曰："詩可以興"，以其情真理摯，最足感人心耳。唐肅宗因張良娣之譖而疑廣平王，李泌誦《黃臺瓜辭》以感動之。其辭曰："種瓜黃臺下，瓜熟子離離。一摘使瓜好，再摘使瓜稀。三摘猶爲可，四摘抱蔓歸。"由是肅宗悟，而廣平無恙。曹丕欲殺曹植，命其作詩，植應聲曰："煮豆燃豆萁，豆在釜中泣。本是同根生，相煎何太急。"丕感而泣下，遂封植爲安鄉侯。前清時代，江西翰林沈仲仁、户科都給事沈仲義，爲爭家產，興訟數年未結。蒙南直余總憲硃批貼示轅門，兄弟二人見之，痛哭而返，自此不復爭矣。至今江西尚傳爲美談。批云："鵓鴿呼雛，烏鴉反哺，仁也。鹿得草而鳴其群，蜂見花而聚其衆，義也。羊羔跪乳，馬不欺母，禮也。蜘蛛網羅以爲食，螻蟻塞穴而避水，智也。雞非曉而不鳴，燕非社而不至，信也。禽獸尚有五常，人爲萬物之靈，豈無一得以祖宗遺業之小爭，而傷手足之大情？兄通萬卷，全無教弟之才。弟掌六科，豈有傷兄之理？沈仲仁，仁而不仁。沈仲義，義而不義。有過必改，再思可矣。"詩云："兄弟同胞一母生，祖宗遺業何須爭。一番相見一番老，能得幾時爲弟兄。"王孟端友某在都，娶妾而忘其妻。王寄詩云："新花枝勝舊花枝，從此無心念別離。知否秦淮今夜月，有人相對數歸期。"其友讀之，泣下，即挾妾歸家。

戊戌科，余試春官，兼應大挑之選。適王海樵夫子教讀北京官宅，因事還里，命予代庖。其宅學生無多，而西賓則設兩席。予至館，先有安徽一人課徒，係佐雜官而在京候補者。因同事未久，姓字都忘。獨其贈同鄉應試之詩，猶彷彿記之，詩曰：

芝標憶昔幾攀躋，十二年來感唱驪。笑我風塵爲宦薄，羨君蕊榜快名題。花探閬苑文如錦，宴赴瓊林氣吐霓。萬里雲霄從此奮，玉堂金馬報芝泥。

紅杏枝頭鬧豔開，春園應踏馬蹄來。龍樓賦就輝雲日，雁塔名標平地雷。大雅文章傳彩殿，英雄豪氣壓金臺。登科自昔南宮重，傅粉何郎有異才。

虎觀談經鳳詔開，講筵邇日重奇才。上林好待攀花去，皖水遙思釋褐回。燈火十年窺史冊，風雲萬里動蓬萊。聲名自此翔燕冀，奪錦良時正綠槐。

胡大川孝廉，作《舟幻想詩》十五首，思入非非，皆未經人道語。自古文人詩思之靈，未有如此之妙者。茲摘要錄之如左：

倒影中間萬象呈，思偕列子御風行。上窮碧落三千界，下視中華二百城。月裏求將不死藥，洞中觀盡爛柯枰。只愁高處清虛極，又惹離愁黯黯生。

購得益州十樣箋，表將心願達青天。好花常令朝朝豔，明月何妨夜夜圓。大地有泉皆化酒，長林無樹不搖錢。書成却待凌風奏，鬼怨神愁夜悄然。

求將玉杵是非難，擬買名姝列屋看。紅線隱娘爲劍客，班姬謝女作筩官。珠懸甲帳天難夜，肉代屏風雪不寒。有夢莫離巫峽上，時邀神女雨雲歡。

人世憂危亦屢驚，當爲造化剖權衡。崎嶇盡使五丁剗，滄海都教精衛平。千里離人思便見，九泉眷屬死還生。更能海上祈仙術，飛劍遥遥斬薄情。

誰將濁世返鴻濛，萬物齊歸渾噩中。無事寒衣並飢食，有何豪富與奇窮。一雙笑眼常無淚，百歲童顏不作翁。更願化身千萬億，旱爲霖雨暑爲風。

遭逢聖世復何憂，所喜天倫樂事稠。百歲嚴慈俱健在，一家昆季總名流。娶妻必似宋之子，生子當如孫仲謀。婢亦知詩奴愛主，此歡端不讓王侯。

凡人素有大志，斷不肯小就自安。范文正作秀才時，即以天下爲己任。班仲升家貧傭書，每思立功異域，以取封侯。自古英雄豪傑，大略相同。李文忠公未第時，公車北上，恒賦詩以見志。其卒章曰："丈夫隻手把魚①鈎,意氣高於百尺樓。一萬年來誰作史,三千里外我封侯。願將捷足隨途驥,那有閒情逐水鷗。屈指長安不日到,幾人從此步瀛洲。"

洪楊之亂,李文忠帥淮軍崛起,與曾文正、左文襄共成底定之功。當世榮之,後世美之,從未有稍加疵議者。乃獨不滿歐人之意,何哉? 昔李公使德,與德相俾斯麥閑談,盛道平滅長毛大功。俾斯麥曰:"吾歐人以戰勝異族爲榮,殘殺同胞爲恥。"公默然。後人爲之詩曰:"淮軍練就掃紅巾,百戰賢勞算藎臣。可惜誅鋤非異種,猶留慚德笑歐人。"

李常三先生,前清秀才,生平學問優長,詩才敏捷,凡足跡所到之處,輒矢口成文,莫不題詠爲快。垂老舌耕爲業,無志功名,因自號退叟。著有《退叟詩草》,未梓。兹錄其佳作數則於左:

《龍山塔》云:"龍山聳峙幾千秋,神物天生鎮北州。怕爾飛騰南海去,故將寶塔壓當頭。"

《書館感懷》云:"三尺魚兒不自由,只因貪餌掛金鈎。有時脱却飄然去,高躍龍門任泳游。"

《杏花》云:"十里長途夕照斜,杏林旁襯柳荑芽。風刀剪破千包錦,月斧修成五瑞花。郁李輪卿惟朴素,夭桃遜爾在鉛華。一般點綴三春景,不及嬌嬈近酒家。"

《並頭蓮》云:"芙蓉清淡放河汀,並蒂天然畫不成。净直亭亭無滓淬,濂溪見此更移情。"

《家居與友衡文》云:"入爲老圃出爲農,滿眼葑菲何去從。展卷文光飛彩鳳,細敲腕力矯游龍。沈潛入理參三昧,摇曳生姿燦五峰。捉筆南牕施點綴,旋看白屋受黄封。"

---

① 魚,疑爲"吾"之誤。

《題近龍書齋形勢》云："半畝學宮正向陽，園林百鳥弄笙簧。青蛙泛出芹池浪，丹桂飄來月殿香。灤水西環縈錦帶，龍山東抱著奎光。地靈自卜人文傑，世代簪纓列玉堂。"

《閭陽驛夜飲》云："停驂關外正初陽，良夜迢迢尊罍揚。銀燭輝煌銀漢轉，玉杯環繞玉壺忙。燈前送款開瓊宴，月下陶情醉羽觴。漏盡五更催曉箭，金雞喚起賀知章。"

《代勁飛張貢士和舊東君復聘原韻》："數十年來各一天，茫茫杖履任周旋。權時暫學南陽臥，逐日常懷北海賢。新客喜新終澹泊，故人道故更纏綿。知心遽使通音信，何事臨風羨反偏。"

趙公諱勳，字程堯，昌黎貢生，生平善課生徒。科舉時代採芹食餼者，大率皆公弟子也。爲人謙和，喜吟詠。與王湛亭夫子爲文字交，時有倡和。惜代遠年沿，半多失落，其存焉者，殆寡矣。茲擇尤記錄於下：

《遊偏涼汀觀鐵道》云："兩岸山光雜水光，黿鼉未駕已成梁。憑欄遙望中原道，恍若長虹接大荒。"

"勢若淩虛接上蒼，橋梁宛在水中央。天光不霽虹何現，鐵軌於今見北洋。"

《野望》云："耕田非種義當鋤，壯志殊難老境舒。絕口不談當世事，時還讀我舊藏書。"

《贈同人鄉試》云："身雖衰老意偏忙，儘日槐花到處黃。惟望同人齊努力，咸登桂苑挹天香。"

《代瞽明冤》云："敝族雙雙目失明，胡然打搶被惡名。百年常夜猶行劫，如此風波太不平。"

《贈有翁晚年生子》云："四十餘年歲月深，庭前玉樹始生陰。甫聞致賀無他贈，惟有俚言信口吟。"

《觀鐵路局有感》云:"好歹不分已見端,將無作有亦非難。含情欲說局中故,又苦無由見上官。"

《平原眺遠》云:"信步游行到北畋,遥看灤水過山莊。波光瀲灧平鋪地,好似雲藍紙一張。"

《中秋晚望》云:"秋風颯颯促人忙,匝野雲鋪一色黄。共道收成今歲好,千倉貯米萬倉粱。"

《冬日書懷》云:"繩樞曾結牖綢繆,物外閑居境樂幽。檢點舊書憑我讀,依然清節自為秋。"

"為貧而仕苦無由,鬱鬱家居祇自愁。寂寞雲山猶故我,何時獨步上瀛洲。"

《閑居妄想》云:"讀書立品重蘭臺,何幸身衰志不衰。歲縱蹉跎將壽補,徵車還望有時來。"

王湛亭夫子,諱永清,咸豐辛酉科舉人。為文根柢六經,模範名家,論者有"韓海蘇潮"之目。詩宗李杜,字法鍾王。游庠後,旅寓京師,蜚聲金臺書院。洎試春官,屢膺房薦。若非文章憎命,入金門、上玉堂,早登木天之署矣。乃因李廣數奇,致使劉蕡下第,天實為之,謂之何哉?生平富有著作,惜乎鄧攸無子,大半遺亡余生也。晚受業夫子之門,曾陪末座。然是時,夫子年六十餘矣。其鴻文鉅筆,不可多得,僅記七絶數首。落落焉,如晨星之在天,謹録之,用誌不忘,並以公諸同好云爾。

《村中早起》云:"幾縷炊烟透曙光,誰家早起課農桑。一聲布穀山村外,催得耕人處處忙。"

《詠懷》云:"事儉邀人談史鑒,日長添我睡工夫。惟多一件關心事,薪米明朝問有無。"

"春宵促促釀寒光,一觸愁思夜轉長。早起村邊閑眺望,一鈎斜月掛垂楊。"

"每逢佳節快同遊,今過清明只自愁。借問山邊幾樹杏,花開得似去年不。"

"四月山莊儼畫圖,參差綠樹護村廬。淋淋雨洗郊原麥,習習風翻几上書。"

"信步山陬數落紅,韶光已過杏花風。每逢佳節多辜負,半在愁中半病中。"

《觀渡》云:"糴米州城伴不孤,胡然畏縮阻中途。因驚船影隨風覆,用勸篙工著力扶。"

"視此波瀾隨處有,幾忘儋石到家無。滔滔時事東流水,盡付牀頭酒一壺。"

"踏徧林蹊興不窮,詩情怯賦落花紅。幾回閣筆增惆悵,題徧雲藍恐弗工。"

《詠史》云:"披閱忠臣傳裏名,汲公每事好廷爭。如何財盡民窮後,猶任君王事遠征。"

"擊得賊頭血濺紅,挺然忠烈屬司農。諸蕃平定長安日,合讓當朝一筯功。"

"勳名原不愧麟圖,功業巍然學業疏。無怪後來宗族赤,匿情妻子太胡塗。"

《葉子戲》云:"浪遊鎮日在湖中,興盡歸來兩袖風。忽憶當場情不厭,愛他百二好英雄。"

《出場尋妓》云:"未見相思乍見羞,口銜錦袖倚妝樓。牽衣半晌方開問,場內文章得意不。"

楊君子闓,名蔭庭,我昌名下士也。爲人謙恭樂易,開口見心,而於親友之倫尤篤。伊甥,陳姓繼母也,家庭骨肉之間,未免各存意見。伊恐日久變生,預防未然之患,因寄詩戒之。詩曰:"螻蟻猶且惜餘生,孺子如何命獨輕。閔氏衣蘆全孝道,王郎守茶格神明。履霜中野懷琴操,秉耒號天想力耕。頑嚚尚終能底豫,矧茲父母愛憐甥。"

《贈故人》云:"良友交推似卧龍,故人相約到隆中。定知不阻山陰雪,底事難瞻國士風。蘭語無忘常夢蝶,萍蹤靡定却如鴻。他年攜手青雲路,準擬靈槎處處同。"

孟秋,字我疆,山東茌平進士,官至山海兵部分司,生平研精理學,義利之辨最嚴。隆慶五年令昌黎,為守兼優。循聲懋著,喜延接文士,諸生有請業者,口講指畫,竟日不倦。好遊佳山水,凡足跡所到,題詠及之。茲擇尤錄下:

《井峪松風》云:"石逕崎嶇幽更深,岩花谷草付青禽。松風千載清氛遠,誰共高山一曲琴。"

"四壁山光列翠華,松風滿谷落香葩。雲中仙子知何處,獨立峰頭一片霞。"

《水岩》云:"月下清風一浩歌,回琴點瑟潤聲多。水岩千載渾無恙,誰共蒼山永不磨。"

《龍山》云:"七載龍岡始一攀,春風送我入仙關。千尋灤水歸溟海,萬樹蒼松點翠山。日出扶桑雲塔曉,陽來虛谷彩禽閒。山靈應識遊人意,每到峰頭嘯詠還。"

萬信,昌黎望族,以明經起家,官開封府知府,守職廉勤。夜夢一男子,裸身稱冤曰:"吾為祥符民耿羊兒所殺,屍埋莊後。"信驚悟,異之。明日,至其家,果得屍。考驗具服人,有神明之目,其宦蹟卓異,載在郡縣志,無庸贅述。獨詩才清越，風雅正宗，尤有令人愛不忍釋者。爰錄之於左：

《鳳岩騰彩》云："鳳岩飛舞拱遼西，振翮翩翩似欲栖。日放朝霞呈彩色，山含瑞氣吐雲霓。當年丹穴呈嶰翮，今日高岡頌蓁萋。應識秀靈鍾此地，文興八代起昌黎。"

文字之禍，至前清而已極。雍正年間，江西正考官查嗣庭，出了一個試題，係《大學》內"維民所止"一語，經廷臣參奏，說他有意影射，作大逆不道論。起初都莫明其妙，後來覓得原奏，方知原奏中說"維"字、"止"字，乃"雍"字、"正"字下身，是明明將"雍正"二字截去首領，顯是悖逆。可憐這正考官查嗣庭未曾試畢，立命拿解進京，將他下獄，氣憤而亡。長洲詩人沈歸愚，少時才名即冠大江南北。乾隆帝聞而慕之，乃以庶常召試。不數年，提陞八座，一時禮遇之隆，罕有其匹。及歸愚病死，乾隆帝命搜其遺詩閱之，則已平時所乞代倩者，咸寫錄焉，憤甚。又聞其有《詠黑牡丹》詩云："奪朱非正色，異種也稱王"，遂以為誹謗，而戮其屍。嗚呼！文字慘禍，即此可見一斑矣！

語云："一飲一啄，莫非前定。"誠哉是言。前清張慎修，安徽歙縣人，好窮經，尤精卜筮之學。生平學貫天人，迥超流俗。嘗館同里某富家三年。兀坐一編，喜慍不形於色。一起居曰定數，一飲食曰定數。居停厭之，辭焉，慎修欣然去。明年重九日，富家集客為茱萸會。慎修適過，主人邀入席。慎修盡三爵，食二饅首，遂起辭。富家挽留，慎修曰："定數也。"引富人至書室厨後，見有徑寸帖，書曰："三年賓主歡，一日遽分手。尚有未了緣，明年九月九。邀我賞茱萸，酌我三杯酒。數定且歸休，只啖兩饅首。"

李聯青,字子雲,辛卯舉人。生平喜吟詠,佳章甚夥,與余爲文字交。惜相隔數十里之遙,而締交又最晚,故其詩不多見。每試春闈,公車同上,尚有一二倡和之詩。謹録於下:

《和秋韻》云:"杏探芳春桂折枝,兩般遲早各時投。龍登門闕羞爲鯉,鷹出風塵肯化鳩。燭盡三條頭暗點,丹成九轉志方酬。寄聲學士同懷客,花看長安好共遊。"

《和春韻》云:"一年又過一年春,應試今爲中式人。相對簪花詩及第,遥知衣鉢比傳薪。胸中萬卷堪摘藻,筆下千言務去陳。轉眼泥金催報喜,綸恩更荷命重申。"

予昔遊京師,路宿旅店,見有題詩壁上者曰:"不是英雄乃有愁,蠻夷無計使來投。將軍負腹名猶保,壯士寒心恨孔修。漫說陳蕃能下榻,誰知王粲枉登樓。是兵是盜誠難必,何事勞勞戀宦遊。"其和詩曰:"人情泄沓劇堪愁,世鮮班超筆孰投。旁午軍書從此急,重申和約始誰修。奇才淪落雙龍劍,旺氣森嚴五鳳樓。大局阽危今已極,何心復向北平遊。"其再和曰:"少年何事此悲愁,利器乘時自可投。虎榜終須標姓字,雞窗早已勵功修。論年雖邁唐劉晏,作賦不殊趙倚樓。胸有奇才難自秘,公車直上帝京遊。"後無姓名,令人惋惜。

余生平不長於詩,朋友倡和之時,亦屬僅見。歲壬辰,硯食城南姜各莊高宅,距家七十餘里。山高水長,不易旋返。惟是父母俱存,春秋高矣;兄弟無故,闊别久矣;妻子無恙,天涯地角,未免有鄜州望月之懷。杜①詩云:"每逢佳節倍思親",良有以也。時當年關返里,因成七律一首,詩曰:"屈指離懷已半年,今朝徹帳賦言旋。居停餞别三杯酒,客子登程屢著鞭。

---

① 杜,當作"王"。

杖遂扶鳩歡繞膝，行看序鴈喜隨肩。更憐兒女多情趣，笑語燈前懶就眠。"

民國十年，館周氏。四月二十八日，安山廟會居停，同余觀劇。時中國構兵，連年不息，近則烽火直逼京津矣。大局阽危，有汲汲不可終日之勢，而是邦人士，方且樂此不疲，是真燕雀巢於幕上，而不知大廈之將焚也。爰作詩以誌感：

"聞說霓裳詠眾仙，村人爭赴舞臺前。蒼生紅女馳歧路，馬走車嘌震午天。飯店紛陳郇伯饌，蒲摶群鬭鄧通錢。傷神大局如羹沸，志士何心樂管絃。"

《暑假歸家》云："大暑欣逢放假天，輕車小駕賦言旋。山行路窄剛通馬，野闊聲繁亂噪蟬。作苦三農蒸烈日，懷新百穀盼豐年。鄉關咫尺斯須到，況復前途屢著鞭。"

直隸第三師範學校職教員王桐軒、劉仲立、孫敬齋、李子丹等設立詩社，推桐軒為社長，風雨唱酬，洵一時之韻事。及至民國四年，余充該校國文教員，境過情遷，此社已成廣陵散矣。余在該校三年，只馬君秋圃以《菊花》七言絕句相贈。余和之曰："作記東籬陸放翁，陶潛採菊可能同。莫嫌老圃黃花淡，絕勝人間閒色紅。"一時和者之詩，良莠不齊。詩社似乎不易提倡，余亦嵇康性懶，不耐應酬，遂作詩辭之。詩曰："薈萃文人職教中，果然元白鬭詞雄。班門弄斧心知愧，才盡江郎敗下風。"

齊君仲翔，昌黎人，素擅歧黃之術，兼通數學，余生平最器重之。民國十年，館周氏，十一月二十二日來校。舊雨重逢，班荊道故，歷三晝夜而不倦。及談至鍊道秘訣，恍然若悟，由是塵心退，道心生，視曩日之萬感交侵者有間矣。噫！余碌碌半生，箇中真訣，本屬茫然。忽聞妙論，茅塞頓開，豈天假之緣,使余默契於道耶!爰成二絕,用誌不忘。詩曰:"書齋静坐正三冬,舊雨一朝喜再逢。二載睽違忽相遇,班荆道故話重重。""喜聞丹訣最關情,俗念消磨道念萌。豈是邯鄲逢吕祖,黄粱一夢覺盧生。"

曹公遵周,字憲臣,縣學增廣生,樂亭西鄉人。少隨公父宦遊山西,與在晉候補滿洲長公恭厚交好。公周覽九邊,具得要領,每與長公論控制之方,謂非强蒙和漢不可。長公竟以此議,受政府知,遂專軍閫總制甘陝。長公既得志,力邀曹公相助爲理。公辭不獲已,一入其幕,邊防特別出色,保薦府經歷。乃未踰年而父殁,父妾趙氏扶櫬旋里,從此遂杜門不出云。生平内重外輕,務實學不務名利,急公好義,恤孤寡,旌節孝,不可枚舉。所最難者,公弟紀臣用計然起家,累貲巨萬,公盡推所餘財産於弟,毫不染指,較古之許武、薛包,有過之無不及也。公既殁,其喆嗣某恐公之碩德懿行,久而湮没弗彰也,爰作徵文之啟。予慕公之行、子之孝也,因作俚詞,以贊美之,曰:"秀靈鍾毓人才起,聽我一歌奇男子。奇男子誰?曹先生,樂邑西鄉是梓里。先生決策邁庸流,隨父居官晉省游。惟有長公能物色,强蒙和漢采嘉猷。長公因此擅威權,正是先生勵學年。萬里馳書尋舊好,强邀相助共籌邊。從公未久即奔喪,絶意功名力學强。兼善人才獨善己,孔顔妙理細參詳。薛包高義超千古,擾擾人群誰與伍。先生富貴如浮雲,讓産同胞堪步武。成人之美具婆心,節孝褒揚邁古今。好義急公修善果,芝蘭玉樹早成林。"

《勸學歌》:"君不見尼山自古稱聖賢,假年學易尚絶編。周公元聖多材藝,每朝讀書且百篇。陳正之性多愚魯,人十己千讀書苦。及其成功一無殊,學問淵深誰與伍。又不見金谿神童方仲永,廢學無成悲晚景。人生成敗各有因,借鑒於兹須自警。湯之銘盤日日新,莫教良才反作薪。矢志前修習孔孟,可稱天地一完人。彼何人斯品最賤,不好詩書好遊宴。楚館秦樓興未闌,走馬鬭雞情無倦。或則浪費鄧通錢,或則徧嘗郇伯饌。種種行爲盡敗名,何如膠庠親筆硯。從來有志事竟成,讀書萬卷輕百城。王侯富貴何足算,名山撰著永芳聲。淵深學問足靈府,灑落文章驚風雨。後進何必讓先生,通今更須資博古。古人通經期致用,四時不絕絃與誦。貫穿諸子百家書,贏得大名九鼎重。莫道寒儒家境貧,買臣勤學尚負薪。尋得孔顏真樂處,簞瓢疏水也含春。老大休悲遲暮天,耄期衛武好學年。況當血氣方剛日,發憤何妨效老泉。柳絮謝家曾詠雪,班昭漢史資披閱。丈夫文學足三餘,二酉胸羅人中傑。人間萬事等浮漚,德業須當急進修。桑田滄海有時變,芸窗著作壽山邱。"

李鴻春,字彰久,灤縣人,己丑恩科舉人。生平孝友,開口見心,幼具異禀,詩文超凡軼衆,有別樣風流之概。其詩文遺稿,現已付梓,無須贅録。兹擇尤録其一二,令人百讀不厭。

《讀邵孝子事略有感》:"曾閔去已遠,何處求真儒。狂喙逞楊墨,綱常墜泥塗。臣道常已矣,子道誰匡扶。孝經無人收,棄之猶土苴。國民四萬萬,攜手相淪胥。不有邵孝子,人禽其同途。萬里尋親記,作者劉洵夫。百讀口不厭,歷歷如繪圖。寫出孝子性,至性不可渝。寫出孝子孝,至孝何曾愚。憶昔書府公孝子父,宦遊音信疏。離家十餘載,存亡兩模糊。孝子望父歸,焉知中道殂。一朝聞噩耗,痛似刀剥膚。誓死取遺骸,勇決弗籌躇。別母出門去,水險山崎嶇。周年纔弱冠,資斧乏素儲。直豫陝復蜀,路遠阻且紆。欲知父死處,渺渺蹤跡無。數年一枯骨,孰與詢根株。至誠鬼神感,純孝天心乎。卒扶父櫬歸,安然還里閭。尚記黃沙驛,孝子將赴成都,已過黃沙驛,遇静海門姓,止其行。俄而山水暴至,未遭漂没。欲行正趑趄。驀地山水來,頃刻失村廬。藉非天所相,孝子其魚乎!"

《煤窰歌》:"唐山礦苗奮地起,入穴採煤人似蟻。穴中有穴如蜂窠,黑洞沈沈不見底。鐵柱插天架鐵梁,鋼繩高掛雲霄裏。飛輪旋轉作雷鳴,有似轆轤汲井水。兩罐容量大於船,此上彼下無時已。似煤非煤名老矸,堆作岡陵高數里。推算煤線與煤層,雖有巧曆難屈指。千噸萬噸煤出井,倏忽一陣風過耳。煤出井兮大地空,低頭恐懼擡頭喜。喜爲窮鄉變商埠,懼如足把春冰履。杞人憂天非無理,君不見鐵匠三莊今已矣。鐵匠莊、石家莊,後劉家莊廬舍塌陷,居人遷徙。"

《懷王小航先生》:"西山遥對爽襟樓,不老神仙在上頭。天假鏡湖歸賀監,地臨秋水住莊周。畫廚觀罷尋茶竈,棋局閒時理釣鈎。萬項茫然舟一葦,先生曾許我同遊。"

《雨後遊灤河二首》:"郊原雨足緑烟浮,穗重花輕麥欲秋。雲外有尖留塔頂,塔在巖山之巔。樹中無縫露城頭。苗因地勢高低秀,水抱山根曲折流。金鯽暗勾詩思動,偏涼汀上打魚舟。"

"清談雅詠舊風流,五五三三結隊遊。浩蕩天機浮水鴨,淡忘人世卧沙鷗。波沈紅日摇山影,雲補青天作石頭。好景無窮看不盡,更持遠鏡一登樓。"

《游偏涼汀》:"偏涼汀水繞山頭,山下帆檣水上樓。射虎將軍曾貫石,虎頭石,在灤河東岸。釣魚天子此憑流。清高宗詩有'偏涼汀畔水,待我再憑流'之句。相傳高宗幸偏涼汀,登臺釣魚得金鯽。花開客館空啼鳥,某國人寓偏涼汀,禁人游覽。草長行宮有牧牛。幾閲滄桑人漸老,那堪回首説神州。"

《蓮花謡》:"蓮花蓮葉相依賴,蓮花却被蓮葉蓋。蓮葉如傘罩蓮花,驟雨疾風花不害。蓮花生長蓮葉後,每欲出頭苦無奈。蓮葉低頭暗相讓,蓮花挺出蓮葉外。一朝俯首看蓮葉,後來居上形神泰。豈道花須蓮葉扶,有花無葉遭淘汰。同氣連枝莫怨尤,藕根節節相牽帶。"

《村居》:"槐陰漠漠柳陰團,曳杖徐行不著冠。好酒好茶閒處飲,真山真水静中看。百花陸續春常在,萬樹回環夏亦寒。喜聽讀書時小立,講堂門外倚欄杆。"

王漢升,字倬章,子夏之門人小子也。天資卓越,迥不猶人。只因李廣數奇,少小而遭家不造。迨學成致用,方期進取科名,乃當科舉既停,雖有美玉而未得善價之沽,良可惜也。獨其學問淵博,詩詞歌賦,並擅其長,頗爲當時所重。兹錄數首,略見一斑。

《夷齊廟七古》:"遨遊首陽欲間眺,翻生感慨古人吊。吁嗟李廣真數奇,石虎徒射誰建廟。正襟小憩古松傍,諰諰清風陣陣涼。利山如妝濃於染,松針楓葉碧兼黃。此地古號孤竹國,萬古清操於斯得。塗炭何曾浼衣冠,蒼松綠蕨照顏色。天生奇節清潔人,也曾避紂北海濱。孤芳甘傲冰霜冷,潛逃遜國順其親。國棄敝蹝本素性,盡道而死各正命。高風勁節邁巢由,此其所以稱清聖。兄弟靜坐讀書院,突聞伐紂如唾面。綱常廢弛尊卑無,日月逆行天地變。雙雙扣馬陳忠孝,矯矯孤忠特出群。志重綱常神凜凜,目中只有一人君。或云夷惠道不同,清和彬彬乃適中。廟爲夷齊標大義,千秋萬古仰高風。孔稱古賢此定論,求仁得仁又何怨。恥食周粟餓首陽,采其薇矣每當飯。大節巍巍仰卓行,百世聞風皆起敬。一遵父命不可違,一重天倫得其正。神廟佛堂數百千,此廟獨創衆廟先。松似甘棠無拜翦,交柯聳翠倍鮮妍。彭年八百今何有,伴煞多少蟠髯叟。風雨榱棟永不摧,巍峨綿延天地久。一自兄弟館舍捐,不生不滅地行仙。清風臺上觀素月,碧流水畔聽清泉。蒼松盤蔚何峨峨,夷齊手植十圍多。翠蓋風搖龍怒吼,灤河水涌鷺隨波。四圍山色擁青螺,優哉游哉我作歌。"歌曰:"陟彼首陽,薇蕨馨香。頑廉懦立,日月爭光。蒼松不老,灤水同長。夢幻泡影,歷代興亡。孤竹有後,周無封疆。千秋俎豆,萬古流芳。"

《灤縣貞女王氏未嫁守節》:"自由婚配任西東,丹鳳烏鴉迥不同。未結鴛鴦悲寡鵠,翎標特色振靡風。"

"未及于歸詠好逑,奇貞勁節有誰侔。聞喪便欲從夫死,轉念翁姑矢柏舟。"

"一莖獨立未開蓮,素志惟知節義先。不羨鶼鶼雙比翼,翻欣孤鴈唳霜天。"

"奇人奇節最堪欽,少小難灰鐵石心。豈是無情同草木,孤鸞獨宿淚沾襟。"

"貞姬矢志邁尋常,性禀剛腸節傲霜。一朵素馨塵未染,松筠柏節冠群芳。"

"裙釵苦節愧鬚眉,玉骨冰心傲雪姿。領袖閨中推巨擘,光增宗祐耀門楣。"

"冬青傲雪色偏妍,笑爾藍橋結俗緣。不受塵埃侵半點,前身想係司花仙。"

"我辰安在暗呼天,未鼓瑤琴已斷絃。夜靜影孤鴛帳月,心同金石節彌堅。"

《勸孝詩》數首:"維熊吉夢夜曾經,血液摧殘暗損形。一自分娠情始暢,突開笑靨拊寧馨。"

"雙親不啻掌上珠,兒乾娘濕屢更鋪。勸君漫效鷗鶵鳥,試看烏鴉哺返雛。"

"孃懷乳哺泣呱呱,屎尿誰嫌污繡襦。癄辟平心應孝否,人生豈可愧鴉烏。"

"跟蹡學步倍心操,食罷飴糖又索糕。貓犬偶驚嗥叫起,魂飛膽裂手爬搔。"

"攜持嬌養枉劬勞,欻彼晨風長羽毛。老耄師丹違子意,聲粗色怒叫喧嚣。"

"一從宴爾慶新婚,日漸消磨拊育恩。況復階前生玉樹,由茲無意顧椿萱。"

"私妻娛子樂銜杯，孤苦孀親那暫陪。梟獍心腸人面目，阿香雲裏怒轟雷。"

"齋蚊搦枕小童孩，兒戲斑衣有老萊。親在及時隆孝養，蓼莪漫教詠哀哀。"

"牽牛服賈別慈顏，定省空談片晷間。知否雙親常夢蝶，魂隨萬水與千山。"

"拋親卅載浪遊蹤，枉把征衣密密縫。杳杳飛鴻無信息，椿萱那得壽喬松。"

民國十有一年元旦，村中童冠數人廟中游戲，將廟前香亭損壞。此係莊中公物，群情洶洶，勢將興訟。予亦義不容辭。王生不欲區區小事結怨村人，因作詩勸解之。詩曰："無故頑童啟釁端，香亭信手竟摧殘。仁人自解成湯網，魚躍鳶飛宇宙寬。"

《詠壯烈婦馬氏事》見《三餘雜錄》："清貞少小便堪誇，俗眼徒知目已花。似此天生剛烈性，安能度曲學琵琶。"

"姻緣天定命難更，夫婦雙雙目喪明。一點貞心堅似鐵，兩翻自縊始戕生。"

"瞽者緣何共敬欽，綱常倫理熟於心。堅貞似此瞳盲婦，劉女休誇字蕅金。"

"百年長夜有誰憐，劍出豐城始駭然。一自懸梁標勁節，光爭日月耀青天。"

"玄珠半世水中沈，一死纔明烈婦心。堪笑世人咸目瞽，不知沙石有黃金。"

"韞匵深藏玉始沽，成仁取義是良圖。追蹤代國摩笄女，大節超群愧丈夫。"

"卞和璞玉有誰知,一死從夫始見奇。截耳貪生非我志,芳名不愧列崇祠。"

"靡風克振死從夫,俗眼蛾眉愧此無。漫重離婁輕象罔,能求赤水得玄珠。"

《詠阜城孝婦割肉奉親》見《三餘雜錄》:"至誠賢孝鬼神欽,姜詩佳婦格天心。阿母病中思肉食,一臠之味費搜尋。"

"鄉鄰皆無心飲恨,遲之翌日非所願。忽然想欲效丁香,自割己肉牀前獻。"

"孝心一動難恝置,人生孰大事親事。況復肉割可重生,非辱身體乖大義。"

"盧氏冒刃賊不避,病既彌留權養志。男子割股曾食君,女兒供親有何異。"

"竊窺慈姑渾如睡,爲所欲爲何所忌。慈祥弱婦忽英雄,厨下操刀忙割臂。"

《詠長安里劉烈婦事》見《三餘雜錄》:"並蒂荷花映日紅,波搖莖折起狂風。新婚未久良人逝,十七芳齡命竟終。"

"鴛鴦驚失畢難羅,熬藥延醫半載多。續室賢媛貞烈性,殉夫迥勝矢靡他。"

"蹤超杞婦孰齊肩,安肯焦琴續斷絃。比翼漫誇鸞鳳侶,甘從夫子赴黃泉。"

"烈火難灰烈婦心,枉勞規勸淚沾襟。摩笄尚有前型在,一死何須字蔚金。"

"星沈寶婺地天愁,丕振綱常賴女流。力挽頹風標勁節,自由婚嫁也應羞。"

《詠任王氏離而復合》見《三餘雜錄》："好因緣變惡因緣,琴瑟分離自鼓絃。三載淒涼衾枕冷,一輪明月盼重圓。"

"孤燕哀鳴戀舊情,山河可改志難更。阿郎底事捐秋扇,永夜思維總莫明。"

"寒窗孤枕泣羅帷,夫塽休將舊約違。漫棄糟糠思小怨,深閨獨歎落花飛。"

"夫子如何德二三,休忘荼苦欲薺甘。那堪兄弟頻相笑,如此離婚怨阿男。"

"重開並蒂舊年花,破鏡重圓最可嘉。況是年關相近日,鼓琴鼓瑟賦宜家。"

《詠王烈婦事》見《三餘雜錄》："寡鵠哀鳴肯獨生,超群節烈性天成。一心願殉良人死,同穴何須皦日盟。"

"棱棱傲骨女中英,宗祐生光日月明。一自皈真天地暗,貞風亮節鬼神驚。"

王君恩澍,字桐軒,通縣人,直隸第三師範教務主任也。生平學問優長,詩才敏捷。該校職教員中,均稱社長。予在校三年,久耳詩名,然亦未嘗多見也。惟見其游歷東洋道途吟詠之詩數首。

《過山海關》云:"長城盡處屹雄關,牧馬胡兒莫往還。今日一家聯五族,颭輪飛過萬重山。"

《過日本周防灘》:"半寒半燠早秋天,海氣澄明露氣鮮。斷岸乍連山突出,層波疊起島孤懸。萬畦晚稻凝黃霧,幾點漁舟破曉烟。莫道蓬萊無覓處,深巖疑駐大羅仙。"

《自長崎登輪暈船作》:"鯨魚跋浪走奔雷,海上乘風此一回。塊磊當胸須大吐,江湖滿地易增哀。九州島影隨人遠,一片鄉心逐夢來。擊楫中流曾有誓,澄清壯志莫稍灰。"

《滬杭路車中作二首》:"節候江南晚,深秋尚未涼。短桑低綻綠,早稻遠鋪黃。空氣潤含雨,濃林蒼不霜。田塍紛港汊,時見櫂船娘。"

其二:"薄暮車中眺,行行日欲西。穿林茅舍出,傍水草亭低。綠樹兼紅樹,蔬畦接稻畦。板橋橫斷岸,村小繞清溪。"

《錢王廟在杭州西湖》:"三千弩射浙江潮,想見錢王意氣豪。捍患禦災原爲國,枕戈須要念同胞。時第四師駐錢王廟。"

《岳武穆廟在杭州西湖》:"臣心如水水常清,三字冤沈水不鳴。不改西湖秋月朗,精忠萬古放光明。"

《蘇臺覽古在蘇州虎邱》:"霸業夫差繼闔閭,會稽失計越吞吳。蘇臺曾見遊麋鹿,那知於今鹿也無。"

宗愨云:"願乘長風,破萬里浪。"此第託諸空談,尚未踐諸實事也。斌椿友松,奉命游歷太西,往返九萬餘里。凡足跡所到,咸有題詠,洵宇宙之大觀也。詩載《乘槎筆記》。

《黑水洋大風》:"輪船創造非尋常,測理精邃制器良。洪鑪烈焰煮沸湯,真氣鼓動力莫當。機括奧妙費審詳,頓使險阻成康莊。大君有命通八荒,乘之飛渡黑水洋。東海大風真泱泱,布帆千尺兩翼張。軒然巨波起空蒼,鷁首出沒相低昂。矯如健鶻天際翔,柁樓兀立神飛揚。"

《紅海吟》:"我欲東遊登蓬萊,三千弱水舟難開。不如西池謁王母,排雲但見金銀臺。道逢真仙顏色好,爲餐靈藥姮娥搗。怪予今日來何遲,盤中滿列如瓜棗。遺我鳥迹書一編,開緘奕奕光燭天。上言九天真妙訣,苟能行之登玉闕。"

《黑人謠阿非利加洲內多黑人,輪船、火艙雇用數十人以司火》:"山蒼蒼,海茫茫,阿非利加洲境長。黑人肌肉黝如墨,啾啾跳躍嬉炎荒。冰蠶不知寒,火鼠不畏熱。黑人受直傭舟中，敢嚮洪鑪當火烈。洪鑪烈火金鐵鎔，赤身豈怯光燄紅。臨陣衝鋒稱敢死，食人之祿能輸忠。吁嗟乎！蹈湯赴火亦不怨，其形雖惡心可讚，願以此爲臣子勸。"

《零丁洋大風》："男兒生有抑塞不平之奇氣，俯仰塵寰不適意。騎鯨忽作海上遊，翩然直過瓜哇地。滿胸磊塊出喉中，一吐抑鬱消無蹤。天風吹入滄溟裏，化爲巨浪騰晴空。吁嗟乎！天公欲試書生膽，萬里平波作坑坎。世途咫尺千衰斜，康莊更比風濤險。"

《歸舟住上海贈應敏齋王、蔭齋兩觀察兼呈郭遠堂中丞時中丞到滬，與比國換約》："君不見鶴歸華表丁令威，去家千歲人民非。又不見劉晨阮肇天台返，七代雲礽莫能辨。遊仙還自大羅天，舊時親故無一全。仙人豈是無情者，感今悲昔應潸然。賤子遨遊九萬里，八度蟾圓竟歸矣。親朋疑我未登程，説與遊蹤競稱異。放舟南抵赤道南，初春解裘尋葛衫。輪船西赴英倫地，白民黑齒書郵籤。瑞顛地居窮髮北，芬蘭伏日寒侵骨。乘查直抵斗牛津，親見天孫當戶織。春日叨陪尊酒添，又來此地見秋蟾。燈前驗取支機石，不待君平卦肆占。"

《九月二十六日住烟台宿德一齋善樓上》："西洋樓閣與雲齊，攜手同登月窟梯。今夜一燈人下榻，夢魂猶覺在巴黎。"

《是晚潘偉如觀察招飲》："風平進泊烟台島，潘君喜約金尊倒。爲言一別八蟾圓，不信旋歸何太早。告我異邦消息通，新聞紙上書行蹤。使君儀表人想見，掀髯高唱蓬萊宫。簪花親勞杜蘭香，下筆傾倒諸侯王。稱君早得不死訣，鬚長三尺雙瞳方。詩名已重雞林賈，單于重君等蘇武。定知早詠大刀頭，歸家不待羝羊乳。"

《宿楊村》："松林罅處露燈光，入店先聞餅餌香。倦極黎牀皆適體，飢來塵飯亦充腸。村雞喔喔催行早，驛馬蕭蕭恨路長。殘夢乍醒聞鵲噪，始知身已出重洋。"

卷　二

民國八年，奉大總統徵詩之命，各學校遂注重吟哦。直隸第三師範舊有詩社，因無人提倡，遂至寂寞無聞。自此，職教各員又從而振興之。小兒維楫，該校①肄業生也，畢業歸來，攜有《灤陽唱酬集》一册，皆職教員題詠之詞。讀之清新俊逸，鮑庾風流，洵一時之韻事。爰録之於下。

步以墉，字崇之，棗强縣人，第三師範學校國文教員。《詠夷齊廟古風一篇有序》："廟在永平府西北十二里，灤水自廟北迤而東南流。廟内有高臺，石級層疊，名清風臺。庭前一松，大逾十圍。柯葉輪囷古茂，經美博士考核物理，定爲商末周初夷齊手植物。清高宗東巡駐蹕於此，謁廟題詩，信宿而去，故廟旁有清行宫。土人以夷齊之故於此廟歲加修葺，故廟貌常新，而行宫則頽敗不堪入目云。"

其詩曰："毛生穎不脱，垂老來北平。古遺苦尋訪，沓然千緒生。將軍射虎處，問何銷無聲。故是夷齊里，豎子惡足衡。當年國敝屣，血食非縈情。胡爲歷萬祀，廟貌今峥嶸。廟内清風臺，三辰暉並争。風雨憚摧敗，土人勤護營。正氣焉所寄，古柏堅以貞。幹老虬龍化，濤怒神鬼驚。樹大不可量，十圍周且贏。此物信手植，博學家定評。孔子廟前檜，曾亦傷於贏。斯松一無恙，默佑天多情。多情天不死，偕天聖之清。遥憶周初盛，孟津群會盟。白魚赤烏瑞，天下諛聖明。叩馬有數語，戛然孤鶴鳴。迄今

---

① 校，原作"核"，據文意改。

八百國,故都巢狸鼪。姬宗永天命,祚盡亦變更。巍然不可滅,惟此弟與兄。清室有英主,戾此輪虔誠。肅謁整藻率,題句焜瑤瓊。退休行宮在,而今誰盱睢。安能並斯廟,千世無與京。灤河此縈帶,波浪常湃砰。流水日不盡,此廟訖無傾。"

劉霖,字仲立,豐潤縣人,該校國文教員。《題夷齊廟》五古一篇,詩曰:"孤竹國建封,未詳何代始。孤竹國淪亡,未詳何代止。商末迄周初,突然入正史。朝無一賢君,家有兩令子。天倫父命各無虧,遜位去國仁無違。義不王周甘稿餓,君臣名分千秋垂。我來北平訪遺跡,廟貌煊赫灤之湄。外列群山石層疊,清風如昨臺不隳。登臨目四顧,蒼蒼雲水隈。手植松千尺,濤響比風雷。好古美博士,考驗詳究推。定為當代物,偽託休疑猜。君不見孔明廟前有老柏,行成工部人稱說。召公遺愛在甘棠,勿翦勿伐垂詩章。是皆正氣所蟠鬱,水火兵燹安能傷?吁嗟乎!孤竹國已墟,故物無留者。惟此松不彫,蒼蒼存正色。夷齊靈爽憑,歷劫磨不得。立懦與廉頑,百世師吾國。"

齊炳星,該校教員,《夷齊廟》五律云:"垂老甘窮餓,乾坤正氣伸。一身全孝友,萬世識君臣。惟聖能知聖,求仁竟得仁。古祠遺像在,愧殺後來人。"

董錕,徐水縣人,該校校長。七古云:"群山綿亙孤峰高,宮牆迤邐干雲霄。依稀阿房俯渭水,清夜不聞歌笙簫。又疑天漢白馬寺,坐禪燈影無僧寮。繞道莊南問村叟,村叟沽我一壺酒。坐石把盞細細談,說盡來源說宏構。此是當年孤竹國,二千四百六十二年纔現我。傳聞孤竹自二男,恥食周粟甘窮餓。餓死首陽魂魄歸,鄉賢慕義起宏規。依山臨水塑遺像,表彰德義生光輝。先賢德義冥表彰，惟有山高與水長。取名不避聖人諱，千載常留姓字香。君不見灤水清漪棒山峙，蒼松勁節罡風駛。下有讓水與廉泉，崢嶸巨細無頑石。在昔明屋清水關，高宗遊幸崇前賢。帝王願近聖人居，行宮高起何巍然。殿宮樓閣雜亭池，寫出熙朝全盛時。惟有一地命名異，彰揚亮節繫人思。純皇一去不復來，游行夜夜狼與豺。殿閣崔巍變邱塚，月明獨照清風臺。我聞斯言一長嘯，帝王誠不如餓孚。天威赫赫曾幾時，不見行宮見孤廟。"

王家鶴，元氏縣人，該校教務主任。七律云："蔚蔚峰頭廟像新，老松掩映見精神。香烟豆薦千家祀，水色山光萬古春。臺上春風長習習，宮中淑氣已氤氳。太平天子今安在，那及當年食蕨人。"

王恩澍七古云："渺矣夷齊風，獨留夷齊廟。不見孤竹國，但見群山峭。北平山脈陰山來，餘支到此等徂徠。山經地誌名莫攷，古今生色清風臺。憶昔西岐兆祥瑞，白旄早建東征旆。三千虎旅牧野陳，八百諸侯孟津會。雲霓四海頌昇平，叩馬偏來二弟兄。君臣大義留天壤，群鳥啁啾一鳳鳴。從茲恥食周家粟，首陽高餓爭千古。遺像清高故里光，歲時常薦村翁簋。我來此地仰遺風，廟貌青山落照中。門外濤聲松謖謖，階前春色草茸茸。草是薇蕨香更永，松橫柯葉節凌空。歷四千禩人事易，不重君臣重民意。革命潮流滑滑來，聖道無乃有隆替。吁嗟乎！君臣大義乃假名，道在頑廉而懦立。"

孫祜，字靜齋，灤縣人，該校學監。七律云："盧龍塞上路漫漫，誰向夷齊廟裏看。猶是聖賢真面目，不曾塗炭古衣冠。西山薇蕨年年綠，北海冰霜處處寒。千載清風明月夜，弟兄相對說逢干。"

殷珍，該校教員。五絕云："夷齊廟曾遊，清風豁兩眸。首陽甘一餓，俎豆共千秋。"

"星霜幾度春，廟貌蔽沙塵。盡是攀龍客，終無扣馬人。"

王家鶴《烏江懷古》云："項王一敗故人去，相知惟有騅與姬。垓下一歌美人死，獨留駿馬相護持。虧有駿馬得脫困，辟易千人捷若飛。揮戈欲挽烏江日，一揮再揮心願違。艤舟亭長饒遠慮，欲呼項王與俱去。破的一言凜松風，千金萬戶無覦覬。項王感激為於邑，慷慨陳詞鬼神泣。義可以死不苟生，大地茫茫何所立。既決一死無牽掛，關心惟有一義馬。即以義馬酬義人，項王胸襟何大雅。義人義馬兩慘然，項王死志乃愈堅。腥風揚沙血染碧，月冷黃昏泣杜鵑。憶昔項王初起時，九江吳芮皆附之。棄楚歸漢終一俎，何若當年騅與姬。姬馬猶能報知己，英雄末路堪自喜。搜羅無遺大史公，為列芳名入正史。自古興衰原無常，凜凜義氣貞冰霜。世風澆漓群鬥智，令人嘖嘖稱項王。項王遺跡何處尋，烏江山水自清新。我為項王長太息，秋風殺氣瀰江濱。"

《橫山寺》云："古剎山腰一徑通，嶄新樓閣百花叢。興來聊借蒲團坐，好向華嚴覓大同。"

卷 三

劉鴻儒，字魯一，遷安人。順治丙戌進士，官至都察院左都御史。著有《四留堂集》。《畿輔通志》："鴻儒父光裕，有行誼。鴻儒登進士，官戶科給事中。國初額賦未定，吏胥因以爲奸，派擾滋甚。鴻儒疏請頒賦制以甦民困，詔從之。又條上京東鹽法，語極切直。其在通政，有《遵諭陳言疏》；在兵部，有《請開海禁疏》。及官都憲，疏免逋賦。復論封疆大臣不宜拘以文法，隳任事之心，請敕部破例，以收實效。爲科臣所劾，罷歸。卒祀鄉賢。"

重遊龍泉寺

潦暑鬱我懷，攜朋尋高爽。出城見南山，幽況夙所賞。龍泉久神異，風雨靈澤廣。別來二十年，老健喜重往。密樹結層陰，峭壁當泫溰。嵖岈匌穼入，薜蘿分披上。躡翠陟其巔，大千指諸掌。法王寶地尊，霞光羅萬象。景趣猶如昔，理會頓殊曩。探無悟無極，閱有謝有攘。臨兹諸緣空，耳目餘清響。留連恣遐矚，浩浩神氣朗。桃源勿勞思，舍此將焉訪。

李成性，字存之，遷安人。順治丙戌進士，官山東新城知縣。《永平府志》:"成性撫綏殘邑,克著循聲。未幾乞休歸,隱居讀書,耄年弗倦。鄉人推爲理學先型。"

秋日續遊黄臺山

白帝行新令,黄臺憶舊遊。山河仍古昔,歲月已遷流。鳥向洲中集,雲依天際浮。投竿垂小釣,載酒泛輕舟。目醉石疑虎,形忘客似鷗。放開江海量,收盡水天秋。

石申,字仲生,灤州人,明副使維嶽子。順治丙戌進士,歷官吏、户、刑三部左侍郎,贈吏部尚書。著有《寶笏堂遺集》。《永平府志》:"申視學江南,搜拔孤寒,所取士多掄大魁。歷遷學士,經筵久資啟沃。擢吏部左侍郎。矢公無欲,門絶苞苴。以抗中忌奪職。後事定,起補刑部左侍郎。上《慎刑疏》,天下傳誦。丁繼母艱,服闋,補户部左侍郎,總督倉場。舊例厨饌交際取資,斗級衙儈藉恣吞啗。公一切罷去,綜核無遺,釐清夙弊。值慈母訃聞,歸里,嬰疾而卒。敕賜祭葬,祀鄉賢。先是,世祖章皇帝稽古制,選漢官女備六中。申女及笄,承恩賜居永壽宫,冠服用漢式,封恪妃。"王漁洋《池北偶談》:"世祖章皇帝恪妃石氏,灤州人,户部侍郎申之女也。申父維嶽,明萬曆庚戌進士,官某省副使。會王府中官某鴆其王,反誣其妃某弑逆。撫按以下皆納其賄,將具獄矣。維嶽獨持不可,力雪妃冤。至是申生恪妃,竟入宫掖,人以爲救妃之報云。"李相國霨序云:"仲生操筆爲文,幽折瑰麗,都非尋常蹊徑。不屑苟同今人,亦不肯一語寄人籬下。詩則劌鉢鏤剔,矯岸不群。洶自成一家言者。顧不自珍惜,草成多緣手棄去,以故知交中得其詩若文藏弆者絕少。猶記初爲庶常時,閣試之典未廢也。一日内院集試,擬《待漏院記》。諸人爭摹宋調,獨仲生起語云:'天子無日不視朝,宰相無日不入對。此待漏院之所由設也。'余服其老成。已而果第一。其後屢應御試,仲生必占高等。其詩文人多傳誦之。"又《清代名人軼事》載:"順治十年典試,江南歲試案遲遲不發。既而謂諸生曰:'余苦心力索得三狀元,是以遲滯一崑山徐元文,一吴縣繆肜,一長州韓菼。'公召韓謂之曰:'子文氣渾涵,如玉在璞中,其光必發。然光斂太藏,不在其身,將在其子孫乎。'後徐、繆二人俱中狀元,韓以青衿終其身,其子菼果中癸丑狀元,其卓識人不可及云。"

雨中作

千巖爭雪瀑,聚向尺檐過。衆籟飄孤寂,繁華洗幾多。石猶來暗海,津豈問明河。今日西山下,泉聲響珮珂。

送 人

豈有七旬外,猶然事遠征。江湖兒女意,鄉國友朋情。衡鴈題新字,江鷗識舊盟。臨歧贈老淚,發棹水盈盈。

早發平城

曉氣餘寒在,一鞭濟亂流。晴雲辭夜曙,遠火帶星浮。混混分天地,勞勞役馬牛。壯懷何所極,古道足春秋。

十七日北山松下長眺

高踞松崖數亂山,丹黃碧綠染霜斑。盡過鴻鴈天逾净,不卧麒麟地久閒。南北峰皆銜落日,東西村共枕清灣。當年漁父誰相引,悔把桃枝不早删。

書莊嚴慶福寺募緣疏後

蠟屐從來不放閒,老來心事更相關。自憐轍迹不能遠,長聽他人説華山。

佘一元,字占一,號潛滄,山海衛人。順治丁亥進士,歷官禮部郎中。著有《潛滄集》。《臨渝縣志》:"一元端方謹飭,時以清正稱。告疾還里,閉户著書,屢徵不起。立社講學,啟迪後進,未嘗以事干當事。若事關學校及地方興革大務,必力爲救正。遠近倚爲師表。康熙二十九年崇祀鄉賢。"《四庫全書提要》:"《潛滄集》七卷,佘一元撰。是集卷一爲四書①解,卷二至卷六爲雜文,卷七爲詩。其《次韻答張築夫》詩有'良知自是姚江旨,躬秉幾亭夫子傳'句,附載張贈詩有'姚江絶學重開闢,直續良知兩字傳'句。蓋其學出於陳龍正。集中所謂'幾亭師'者,龍正別號也。故其

---

① 書,原作"庫",據《四庫提要》《永平詩存》改。

《四書解》中,以小學爲格物,而深譏朱子《補傳》爲非,猶必占高等,其詩文人多傳誦之。"又《清代名人軼事》載:"宗王守仁之説而小變之者也。"《紅豆樹館詩話》:"宋玉叔《安雅堂集》有《留別佘占一儀部》七律云:'鳴珂猶憶醉新豐,一別青門歎轉蓬。持節偶過君子里,拂衣真見古人風。書來但話山中桂,客至應憐塞上鴻。朋輩霜髯君獨早,於今衰鬢已相同。'當時玉叔已以古人相推,則儀部之風概可想。"

重九登首山

佳節宜登高,杖履首山隅。冠蓋集僚友,紳儒接歡娛。大海亘蒼茫,層巒積崎嶇。一水紆曲流,怪石蟠覆盂。樵採互來往,烟雲乍有無。古廟羅盤餐,亭趾飛濃醹。樵豎向我言,猛虎初負嵎。醉後膽愈壯,叱咤憑高呼。薄暮聯鑣散,山空秋月孤。

次韻宋荔裳之浙憲任

野人私願在年豐,疏節趨承任首蓬。秉憲一方施化雨,荷鋤百畝被仁風。近聞行色攜琴鶴,別後音書託塞鴻。君自壯猷吾退老,湖山遙憶兩情同。

追述二首

夙備儀曹一小臣,每從朝廟望清塵。大婚侍宴鵷班喜,親政恩頒鳳詔新。較藝南宮司藻翰,典闈東閣奉絲綸。病餘甘赴邱園老,回首寅恭愧古人。

五年郎署謀猷淺,兩代褒封誥命隆。增秩已隨卿尹後,廕男復育辟雍宮。天顏瞻仰欽高厚,地勢懸違限異同。身退鼎湖龍去遠,追號迸淚灑西風。

喻成龍,字武功,瀋州人,漢軍旗籍。由廕生、知縣累官湖廣總督。《瀋州志》云:"龍祖父從龍定鼎,遂卜居瀋州。"按:《漁洋詩話》作"金州人",當是祖籍金州,由關外遷入者。《盛京通志·人物》不收,故照《瀋州志》收入。《漁洋詩話》:"喻武功總制成龍,金州人。余官刑部尚書時,喻爲侍郎。余嘗定其《塞上集》。《前後出塞》諸篇,酷擬少陵,如'秋風入代郡,萬籟聲蕭蕭''崑崙十日雨,星海宜汎漲''丈夫既捐軀,豈能依骨肉''立馬望黃河,天青塞雲紫',又'風雲灑邊塵,天際暮烟紫。山銜落照明,戈鋌寒光裏',語多警絕。"《欽定大清一統志》云:"喻成龍知臨江府時,漕米解戶多累率破產,成龍令悉領於官,百姓便之。尤鼓舞學校,購經籍數千卷,置尊經閣以授學者。所表章忠節爲多。"

紫　霞　關

蒼翠落層巖,高原失炎暑。鬱紆望烟霞,盤旋無處所。危巢迹樵蹤,深林聞人語。蕭瑟吹山風,落花紅寸許。

盤谷贈拙菴和尚

飛揚響震蓮花峰,澄潭如鏡安毒龍。避俗遠在盤之谷,萬壑千崖枕茅屋。夜靜天香繞法壇,松風明月溪水寒。有時鐘磬出林表,曇鉢浮光金翅翻。近復幽人時來往,與公結社推公長。今夕何夕讀公詩,況瞻標格真高爽。

銅陵瑞龍洞

別饒山水興,落日更停槎。遠戍孤烟起,平沙曲徑斜。洞藏經歲草,石長寄生花。不問城中客,來遊興獨賒。

登陽邏山不果

迢迢高閣白雲隈,鳥道微茫曲棧開。小院斜通禪舍遠,短牆飛出落花來。頻年勝覽餘詩債,到處清歡賴酒杯。此日不應閒裏過,定期歸看嶺頭梅。

端陽後三日發棹皖江限韻

斜陽猶在菊亭西,烟景蒼茫入望迷。野渡殘雲歸遠寺,荒村疏柳接長堤。沙頭舟影人來晚,岸上風聲草不齊。五月江天南鴈少,青山一路鷓鴣嗁。

登萬壽閣

古寺荒涼草木平,十年人到倍傷情。滿城黃葉飛秋色,虛閣寒濤作雨聲。賦稅何勞頻仰屋,關山惟願早休兵。依然故國音書絕,潦倒風塵白鴈橫。

李集鳳,字翮升,山海衛人。順治十二年拔貢生,官洛陽縣丞。著有《春秋注》六十卷。《臨渝縣志》:"李集鳳生有異質,年十五餼於庠,有聲。屢蹶場屋。由拔貢爲洛陽丞,卒於官,年六十有六。公性方嚴,不慕權勢。其初應京兆試也,寓中貴宅。懷宗幸別殿,供帳甚設。中貴邀往縱觀,歸則自悔,責曰:'若輩其可與爲緣乎?'遂絕不與通。洎爲丞,丞故卑位,毋得專治民事,守若令有以事委者,率以賄成。公力矯之,以廉明稱。於學無所不窺,尤深《春秋》,嘗手注之,凡六十五卷。論者推爲麟經之功臣。"

和韻吊趙烈女墳

不獨姜墳古,聞風感倍深。冰操一處子,霜烈入寒林。英爽渾如昨,馨香直到今。年年片石下,夜月對孤心。

王運恒,字貞一,撫寧人,明進士調元次子。順治末歲貢生。

紀徐孝子詩十章,章四句 孝子名進孝

兔峰之西,鄉曰翟田。淳龐萃止,孝子生焉。猗歟孝子,徐氏之息。皇錫嘉名,能稱其實。父病沈篤,藥石無人。徬徨號泣,求援於神。哀哀祝願,刲豕刲羊。父病復作,刲腹以償。捧肉薦神,神心亦痛。鑒茲血誠,拯其父病。肉懸樹間,感孚物類。弗嘬弗餐,鷹饑蠅穢。不敗不腐,數月如新。天存懿物,以示世人。載拜敬書,一字一淚。高山景行,俯仰含愧。至孝流芳,編中數見。以身代牲,古今獨擅。夐哉絕德,邑乘光垂。不慚銀管,有道之碑。

遊棲霞寺

棲霞遺蹟久,幽僻未知名。洞有鶴鸞侶,橋無車馬聲。風吟林樹靜,月印勺泉清。願結山農耦,優遊此處耕。

林徵韓,字退思,昌黎人。著有《忘餘草》。《永平府志》:"徵韓其先閩人,舊家海濱。國初避海寇之亂,薄遊章水。會逆藩不靖,國家有事東南,乃梯黔航楚,浮家鄠下。寓京師,愛畿東山水,卜居昌黎禪伏山,謀終老焉。性灑落,少負不羈,生平足跡幾遍天下。年過半百,息影蕭齋,徜徉自適。喜吟詩,著《忘餘錄》以紀其遊。"《止園詩話》:"禪伏山人《忘餘草》,王

渻厓爲之付梓。其中佳句甚多。《嘉陵江舟中作》云'岸從沙際斷,舟向石中行',《還山》云'室小能容膝,山多不擇鄰',又云'白髮催人老,青山待我歸',《草涼驛》云'盤空看走馬,掠雨見飛鴻',《早起》云'林梢月色團霜氣,石隙天光印水痕',皆不愧名家。"

山齋落成

劚石斲雲根,誅茅髡山麓。行復操斧斤,直斬陰崖木。乘時集衆材,立地成小築。壁但塗黃泥,窗不施綺縠。卑陋良有然,安居抵華屋。即此課兒孫,殘編會且讀。鄰里慶新成,相過半樵牧。留坐話桑麻,趁吾春酒熟。

元 日

日月相催苦太頻,寸陰空度去年人。還家昨夜三更夢,失意他鄉萬里身。白髮難饒纔覺老,黃金易散不辭貧。天涯莫歎謀生拙,破鏡殘書尚可親。

卷　四

張霖，字汝作，號魯莽，晚自號臥松老衲，撫寧人。康熙二十年例貢，歷官福建布政使。著有《遂聞堂稿》。《永平府志》："霖幼孤，嗜學。弱冠遊庠，以貢生任工部營繕司主事。母老告歸，顏其堂曰'愛日'，色養曲至。居憂哀毀盡禮。起補原官，尋陞陝西驛傳道。時陝饑民多流亡，霖設法捐賑，全活甚衆。遷江南上江按察使，治獄多平反。會皖江兵冗，議裁，軍士洶洶嘩當事門。霖推誠諭慰，遂輯。遷福建布政使。舊錢糧解藩庫有羨耗陋規，悉除之。生平慷慨，樂解推，待以舉火者不下千百家。尤喜爲詩古文詞，與四方知名士唱酬無虛日。加意桑梓人文，於邑之學宮旁創義塾十餘間，多所成就。"

寄懷念藝弟 時在皖江

江上不宜秋，秋容動深省。南岸楓葉丹，北岸荻花冷。天空無碧雲，鴈字排高影。舉頭送鴻鴈，目斷關山迴。豈不羨奮飛，同群苦未整。吳江接楚江，愁思徒耿耿。

雪後梅花

凍雲初散曉風微，幾樹寒香静不飛。落落向人多白眼，沈沈無語惜珠璣。骨於傲後何曾瘦，夢到清時不可肥。兩兩孤清水乳合，一尊相對莫相違。

張霆，字念藝，號笨仙，又號笨山，撫寧人，霖弟。康熙四十年歲貢生，考授內閣中書。著有《帆齋逸稿》《晉史集》《欸乃書屋集》《綠豔亭集》。陳儀龍《東溟傳》云："笨山兄爲方伯，門第甲三津，而笨山蕭然無與焉。嘗科頭跂履行市中。居如村舍，題曰'帆齋'。又營別室於帆齋之右，亦曰帆齋。客徵其故，笨山曰：'吾所居則帆齋也。既曰帆齋，容有常處乎？'人皆怪之。獨東溟心知其意。笨山蕭然淡泊，如山林間人。草書全得張顛神骨；詩似青蓮，天馬行空，不可羈靮。朱彝尊《得張舍人霆皖江書却寄》詩云'六年不見張長史，忽誦秦游一卷詩。韓孟元劉無定格，尤蕭范陸有餘師。歸逢瀿鯽堆盤日，到即江花夾岸時。試計合并何地好，須憑來鴈慰相思。'"《止園詩話》："張笨仙舍人晚自號秋水道人，詩集甚富。佳句如《風》云'雲流無滯影，花動有餘情'，《菊》云'到汝秋難老，從前花一空'，《出都》云'雲接峰千里，沙寒水一村'，《墨葵》云'蝶作漆園吏，花封即墨侯'，《與瞿薺話舊》云'文字舌猶在，風塵力已殫'，《題小青遺像》云'桃影一龕魂有待，梨雲半枕夢無香'，《獨飲黃鶴樓》云'十年烽火留遺淚，兩度登臨歎壯年'，《之都別黃六吉》云'曉色似難圓客夢，秋光何處著詩魂'，《贈王紫泉道者》云'鬢邊風雨花三朵，眼底功名水一杯'，俱有風流自賞之概。"

古相思辭

郎是天上雲,隨風東西南北遊。妾是杯中水,瀉地東西南北流。雲遊去作何方雨,水流但濕庭下土。土生相思草,恨郎歸不早。雨濕合歡花,忘妾獨在家。

寄王野鶴四首

有客客長安,而無塵事擾。相對機心人,焉能測其巧。仰視冥鴻飛,愛留雪中爪。一旦落樊籠,稻粱何日飽。

遠遊抱甕子,顛毛已種種。朝上紅螺巘,其力一何勇。暮行烏龍潭,其心一何恐。舊廬胡不歸,歸路風波湧。

遙傳仙觀中,主人愛爽塏。素心戀高士,一榻留半載。日聞簫韶聲,彈琴志不改。傳琴如得人,遣之向東海。

書來風林前,林葉書中隕。拂葉讀君書,心事言外隱。北望徒傷神,南遊計未窘。早趁梅花天,飽食江南筍。

少年行

五花驄上騎少年,春風吹處美且鬈。往來香陌如飛烟,照耀桃李生芳妍。紫遊韁繩軟玉鞭,青絲絡頭寶花韉。華衣豔服不自鮮,平時與馬常周旋。有時挾弓馳郊田，黃金彈子珍珠圓，側身欲落雲中鳶。不聞射虎南山前，不聞一擲百萬錢。但見呼酒杏花邊，紅樓影下看鞦韆。十五吳姬坐並肩，狂歌縱飲無拘攣。硯底空壓鴛鴦箋，懷中偶撥鷗雞絃。鸚鵡螺輕終日傳，芙蓉帳暖通宵眠。馬瘖明月嘶纏綿，少年少年胡不憐。

王都閫爲難女擇配周守戎

蓮花作幕久專城，常向轅門聽鼓聲。紅粉豈教都薄命，英雄未有不多情。朱絲暗繞三更夢，先是，周守戎夢紅絲三匝繞其身。白璧雙聯百歲盟。我道一時傳勝事，武陵溪口亞夫營。

夾　馬　營

異香此地生雄主，千載風雲古殿空。莫歎重重龍幔黑，傷心猶怕燭搖紅。

兩京宮闕已成陳，夾馬營中廟尚新。太祖騎龍何處去，華山應訪墮驢人。

張坦，字逸峰，號青雨，撫寧人，霖子。康熙癸酉舉人，官內閣中書。著有《喚魚亭詩稿》。《天津縣志》："坦原籍撫寧，祖明宇賈天津，遂家焉。性嗜學，於書無所不讀，博覽窮搜，叩之立應。著有《履閣詩集》《喚魚亭詩文集》若干卷。幼學詩於王司寇阮亭，學書於趙宮贊執信，其淵源有自云。"《紅豆樹館詩話》:"逸峰昆季承其父魯莽、叔笨山之學問,與同時諸名士游,故所作皆清逸妥帖,彬彬乎質有其文。"《止園詩話》:"張青雨舍人《詠野花》云'有香還自惜,在野不須名',頗有寄託。"

遂閒堂詩

鑿池不在廣,但容勺水清。悠然臨石鏡,大海明月生。綠綺漾文鱗,喜無綸餌驚。坐客可五六,流觴相與傾。談諧盡幽事,吟詠無俗情。晨昏用以永,酒罷一濯纓。

水石溁洄中,隨池搆小亭。清風四面來,嘐嘐動疏欞。遠浪渾一碧,萬木攢高青。雖然臨塵市,不異棲崖扃。耳目一以曠,身心一以寧。此外何所求,丹藥延遐齡。

詩禮重千秋,趨庭多暇日。靖節五男兒,不知好紙筆。常恐膺粱肉,遂耽紈綺逸。霜露一燈青,分寸四時忾。簾幕冰雪寒,春和亦惴慄。何以博歡顏,提命無敢失。

程高士穆倩見過寺寓

翛翛杖履往來輕,載酒看花逐隊行。門掩舊京千里客,交論古寺百年情。世傳駿骨多歌泣,君借蟲書識姓名。歎息信陵人散後,興亡猶得問侯生。

訪鄭汝器簠隱居

久從谷口想風期,果得登堂慰所思。書法八分追漢魏,人高六代見鬚眉。名花別院逢春早,芳草他鄉去夢遲。欲訪當年歌舞地,石頭城下雨如絲。

秋夜寓齋偶招抱雪叔才省雲赤抒書宣穎儒小酌, 時叔才南旋賦別,分得年字

小酌秋燈亦偶然,送行詩就當離筵。名傾京國才如海,酒載淮揚月滿船。通籍亦知非得意,論交深喜得忘年。津門烟柳春風暖,遙望征帆北鴈邊。

佟蔗村以其姬人豔雪自製紗囊見贈,酬以小詩

天巧應從織女分,紗囊繡就笑回文。黃金散盡身將隱,擬向蓬萊貯白雲。

張壎,字聲百,撫寧人,霖子。康熙癸酉舉人,官內閣中書。著有《秦游詩》一卷。姜宸英序云:"張聲百同年寄余《秦游詩》。秦游者,張子覲其

尊甫觀察公於西安使署之作。辭義飄渺恍惚，若不可測。寄興所在，求之嗣宗以下，射洪、曲江以上，要各有磊磊不可磨滅者。"

前有樽酒行

和氣拂水冰初薄，燕子雙雙來畫閣。眼前萬事付春風，前有一樽且爲樂。人生百年如電影，兒童鬌忽霜華錯。名垂史册亦何爲，吐鳳文章空寂寞。不如一醉付山村，便勝武陵桃花源。滿胸磊塊①澆欲盡，靜中得意果忘言。劉伶荷鍤行，畢卓甕頭眠。古人自放君莫笑，君到醉鄉方識此中之趣真恬然。

潼　關

巨靈劈山通黃河，河流一線山罅過。倚山截河築關隘，雄城險絶摧嵯峨。山如削壁河如箭，萬人仰攻一人捍。嗚呼！宜守不宜戰，慎勿檄催哥舒翰。

春日遊梁園

石徑當門薜荔長，藥欄隱隱見垂楊。風移蝶翅翻輕粉，花鬭蜂鬚落淺黃。坐久方知城市遠，烹來惟覓野蔬香。臨池小酌休惆悵，無限春光到

---

① 塊，原作"境"，據《永平詩存》改。

草堂。

遊沈氏舊園 姬人墓在焉

蘚石盤圩細路分，高松蔥藹帶晴雲。到來蒼鼠幾回出，坐久竹雞時一聞。鈿柱拋殘思錦瑟，繁花開處想羅裙。亭西彷彿題名在，尚有風流記此君。

灞　橋

水碧沙明没斷橋，霜前葭菼亦蕭蕭。當年贈別人何處，依舊東風上柳條。

豈惟訒，字敏公，盧龍人。康熙丙子舉人，官四川洪雅縣知縣。著有《洪雅公詩存》。

熨　斗

能平物不平，一片熱心橫。若值持威柄，休成炮烙名。

爲尹祥百題供神紗燈

屋漏本難愧,況乎神鑒之。影形交映照,孰是可欺時。

閻瑄,字亦如,昌黎人。康熙丙子舉人。

秋日雨後再登水巖寺

踏徧崎嶇路,重來訪舊遊。晴嵐迎日翠,深樹護雲稠。澗落雷霆險,泉含風雨秋。相攜坐危石,樽酒快交酬。

蔡珽,字若璞,號禹功,盧龍人,漢軍旗籍,襄敏公從孫。康熙丁丑進士,歷官吏、兵兩部尚書,直隸總督,降奉天府府尹。著有《守素堂詩集》。《永平府志》:"珽性剛介,不能容人過,人亦不敢干以私。博文廣識,工詩古文詞。翶翔詞館者二十年,後進無不推爲宗匠。又力能挽強,善騎射,擊劍、運矛皆其餘事。老年更究心禪理,淹通釋典。有所註《楞嚴經》及《金剛經》,人以爲夙慧云。"

寒食偶成

碧楚烟蕪一望平，杏花消息是新晴。緣谿野葛邨邊長，背郭山田雨後耕。原上人歸棲鳥下，墦間巫拜冷風生。香餳白粥孤邨酒，慚愧年年負此情。

秋日寄懷高十六章之

簷下風輕落葉稠，緘情遠寄正深秋。誰教隴水東西別，不禁參辰朝暮愁。雞肋已知無眷戀，牛衣那復爲勾留。近來事事都忘却，只有懷人夢未休。

旅　夜

野靜邨孤犬吠休，雪殘燈燼動離愁。疏星入牖夜如水，涼月當門人飯牛。處世已知無長物，浮生真覺類虛舟。東陵亦有田堪種，慚愧應官不自由。

送高十六章之督學山右

離歌初唱已潸然，又見飛花落別筵。一種情懷兩難遣，送行時節暮春天。

偏涼汀

徙倚對雲汀，徘徊戀翠薨。亂山當户牖，一鷺入空明。芳草春城路，斜陽倦客情。吟餘無箇事，心與暮江清。

秋暮聞李天然有疾

目送歸雲寄遠思，閒窗寥落酒杯遲。那堪秋雨秋風夜，却是聞君卧病時。

郭如柏，字新甫，號廓莽，山海衛人。康熙甲午舉人，考取内閣中書，未供職卒。《止園詩話》："郭新甫孝廉性孝友，習易工詩，製藝尚清真，於王唐爲近。嘗批《顔氏家訓·教子篇》云：'須知孝從畏慎來。'又云：'讀《内則》嘗疑骨肉之間其禮太煩。今讀至"不可以簡，簡則慈孝不接"，始豁然。'其生平學問務實，大率類此。"

自題目送飛鴻小影，用劉夢得《歲夜有懷》韻

年今餘半百，所業更如何。迴憶青雲志，不禁華髮多。吟詩銷日月，

教子補蹉跎。冥計世途險,飛鴻目送過。

李蘭,字汀倩,號西園,樂亭人。康熙戊戌進士,官安徽布政使。《樂亭縣志》:"李蘭早失怙恃,奉繼母至孝。家貧無措,率諸弟芸、葳等力學不倦。康熙丁酉科由廩膳領順天鄉薦第一,戊戌成進士。選庶常,授翰林院檢討,飲食服用如布衣時,且勤於館職。所撰詩文無不穩中體裁。尋擢户科給事中,諫議能持大體。主眷特隆。外補江西督糧副使,遷湖南按察使。歷江西按察使、布政使,改安徽布政使。所至威望嚴重,正己率屬,吏無容奸,民皆安枕。生平學問淵邃,崇尚雅正。雍正甲辰科典試江南,癸卯、甲辰兩次分校南宮,所得士皆名俊。"《止園詩話》:"李西園方伯去今百三十年,所存筆墨無多。其元孫續曾從寧氏舊書中得詩七首,謹登其一以見一斑。"

春日承松山李先生見招,同人雅集寓齋,漫成拙句誌謝

忽忽擲韶光,三月如一瞬。我友折柬招,駕言欣過訪。君本李青蓮,夙推文壇將。才華復絕倫,薦牘陳天上。御屏特書名,牧民資保障。開宴召同儕,啟甕傾新釀。齋頭鮮雜喧,閉門閉深巷。晝永藉敲棋,勝負亦互償。落葉角群雄,不令俗情妨。諸公物表資,奇懷多跌宕。觴詠意從容,賓主歡相向。雅集遇良辰,晴光翻墨浪。酒闌踏月歸,衆心共酣暢。賤子漫賦詩,拋甎聊用倡。

牛天貴,字永齋,山海衛人。雍正庚戌進士,官奉天教授。著有《學庸講義》。

贈別朝鮮使臣洪啟禧

當年雅望説金翁,今日儀型又見公。華國文章無俗韻,照人顏色自春風。情殷稽古邱墳富,意切憐才道誼隆。折柳關門增別感,何時尺素寄飛鴻。

案:朝鮮使臣有金昌業號稼齋者,於康熙中嘗遊角山,有《遊山記》一篇。其往來關門,與孝廉郭廓莘有唱和詩。此詩"金翁"應謂稼齋也。又案:朝鮮使臣明末有金尚憲。

李承恩,字紹衣,灤州人。雍正壬子舉人。著有《致遠堂詩稿》。

舊　　居

松菊淒迷小徑荒,清宵獨步意徬徨。月光不肯隨人去,時送花陰上粉牆。

卷　五

　　李明生,字天碧,號鏡湖,山海衛人。由監生選授江南歙縣巡檢。《臨渝縣志》:"明生孝友純篤。母死,廬墓三年。工右軍書法。雍正十一年選江南歙縣巡檢司,未臨任卒。"

訪玉笈道士,適坐有他客,未獲暢談,作此柬之

　　林嵐蒼秀綠陰深,一水盈盈繞碧岑。客至不驚籬下犬,雲歸欲護樹間禽。飛仙已悟棲①霞訣,遊子徒慚獻璞心。安得金丹換凡骨,十洲勝處任狂吟。

　　李養和,字恒齋,山海衛人。雍正八年歲貢生。

春日遊桃花菴

　　菴裏夭桃勝錦紅,年年歌舞醉春風。花開花謝春常在,人去人來歲不

---

① 棲,原作"梯",據《永平詩存》改。

同。流水有源終入海,白雲歸洞又橫空。回翔繡嶺多啼鳥,似説榮枯紫陌中。

張瑁,字元伯,撫寧人,坦子。

憶　昔

祖德昭垂在皖江,静中同念倚閒窗。伸冤曾解黄金印,下士先傾白玉缸。珠履三千留舊跡,清歌十載記新腔。可憐病發經年卧,夜雨殘燈影作雙。

過問津園有感

荏苒韶光去不留,畫橋曲檻已成邱。兒孫誰復承先業,父老相攜感舊遊。紅樹枝頭啼好鳥,碧溪蘆畔牧耕牛。從來興廢尋常事,欲問當年話不休。

聞絛弟返津

老病頽唐步履遲,每依南鴈憶微之。小春梅報歸來信,定有懷人絶妙詞。

張鯉，字禹門，號子魚，撫寧人，坦子。監生。《津門詩鈔》："禹門善書畫，工詩文。書學趙秋谷贊善，畫法高且園侍郎。歿年三十九。"

春日集橫經草堂分韻得碧字

晴暄烘草作濃碧，辟疆名勝來遊屐。入門春色爾許深，文杏夭桃多綽約。酒行到手意不懌，爭道狂生厭杯酌。為語曾隨先孝廉，畫船載酒邀賓客。回首於今三十年，風流前輩成消歇。眼前亭榭尚依然，坐對斜陽憶疇昔。座中有客老而狂，笑指落花浮大白。君看幾日春風吹，枝上穠花亦搖落。丈夫有酒且須斟，瞬息榮枯何足惜。

案：此詩韻兼藥、陌，似與今韻通轉不合。然觀何劭《遊仙詩》，合覺、藥、陌三韻用之。此正未可輕議。

高默村、曹秀藏見訪村中，值小步河干，未及款延，賦此見意

偶沿流水去，竟與友人違。聞說雙藤杖，同來叩板扉。癡兒驚古貌，野犬吠深衣。似不厭荒落，徘徊至夕暉。

過潘五哲堂亦囂書屋　時哲堂久客京中

巷陌依然過客稀，綠蘿如幕障斜暉。盈階落蕊春前積，掛壁蝸涎雨後

肥。綾刺幾曾容字滅，畫輪空自逐塵飛。京華僕僕勞生地，回首幽居志易違。

陳篁，字雪嶺，樂亭人，歲貢生。《止園詩話》："陳雪嶺明經，濟周先生季子也。昆季四人。其三兄篔、箈、簫俱雋才，早卒。篁性高潔，志趣風雅，工書善畫，好爲詩歌。初爲名諸生，數試有司不利，遂絶意進取。製遠遊冠，遇佳山水輒流連憑弔不忍去。晚年學道，慕韋應物之爲人，居常閉門焚香，席地而坐，罕與俗接。意有所觸，惟以書畫寫之。與倪損齋先生爲契友，以名節相重。其詩有'好將名節報先人'句，實肺腑語也。詩有奇氣，不以聲律自拘。其佳句如'枕上家山空歷歷，窗前冷月故遲遲''深澗餘叢猶矖綠，疏林落葉已鋪黃''山城有客孤燈閃，銀漢無聲片月過''藥鐺煮遍畿東水，夢枕橫環冀北山''沙鳥月明呼客夢，野花風定伴僧閒'，頗得唐人三昧。"

賀蘭山邊塞秋懷

三載秦川賦壯遊，賀蘭山下又逢秋。砧聲陣陣邊城起，鴈影重重天際浮。萬里風催張翰駕，一天霜冷仲宣樓。鄉關屢寄平安字，季子歸期竟莫籌。

此片寒氈真怪哉，豪華場裏竟難猜。一燈静待天邊月，滿酌常思夢裏杯。歸鴈笑儂還未去，黃花見汝又重開。疏窗透露雲千片，敬謝西風且漫來。

過邯鄲 有序

是日風沙不辨天日。至邯鄲縣始訪呂祖祠，則已過矣。蓋祠在邯鄲縣北，去縣尚有數十里之遙也。然果心慕玄宗，觸處皆是，寧必泥於風塵古跡，與凡流共切瞻仰哉！雪嶺儒服儒冠，偕妻孥結廬塵世，而矢口不離空玄家言，不自相矛盾乎！然海角天涯，山巔水湄，終冀有一日之遇也。

學道曾經數十春，隨風忽漫陷紅塵。此番仍逐紅塵去，羞見黃粱夢醒人。

倪上述，字損齋，樂亭人，諸生。《止園詩話》："倪損齋先生蚤歲入學，甫通《孝經》《論語》，即以古人自期。所學務求心得，不局局以記誦爲能。患《尚書》爲漢儒輯次，多所難通。因分段碎讀，錯綜參會，著《尚書存疑》一書。凡諸經義蘊，歷代文章源流，以及天文、樂律、算法、音韻之類，莫不究心其間。所著有《孝經集注刊誤辨說》《河洛五行圖說》《洪範圖說》《詩說存疑》《等韻經緯》《律呂大略》《算法指南》及雜記數十條、古詩一卷。乾隆甲戌，邑侯晉江陳公重修邑志，李潤川先生會同邑諸生舉公儒行。公具呈辭，作《自訟詩》以寄之。其爲人恬淡不博聲譽類如此。"

石隙松二首寄李潤川表弟

亭亭石隙松，見者多奇之。詞人詩作畫，丹青畫作詩。不知松心中獨苦,願君各贈一抔土。但懼身隨秋草萎,空教詩畫傳千古。

孤根生客土,土淺根亦微。中道恐不保,後彫焉可知。主人誠見愛,移植南山陂。千載無人賞,此心良不疑。

夢　母

伏枕朦朧百慮清,忽聞阿母喚兒聲。怱怱不及言他事,但問書曾作得成。

有　感

歲暮歸來意興遲,寒侵翠羽下風枝。門前對植雙桐樹,會有朝陽鳴鳳時。

史秉德,字性生。乾隆初補樂亭縣學生。香厓先生之曾祖也。《止園詩話》:"先曾王父和平醇慤,終身不與人忤,遠近稱長者。弱冠補邑庠,一試京兆不第,遂棄去。家居授徒,問字者恒屨滿户外。持家勤儉,平生最服膺於林退齋'學喫虧'一語。嘗有句云'爲惡都緣小智慧,喫虧自有大便宜',蘭至今猶拳拳斯言,惟恐失墜。詩不多作,偶有感發,亦皆布帛菽粟,不得徒以韻語視之。"

采 棉 歌

連夜西風吹槭槭,原上棉花開似雪。淩晨婦子約成群,循壟分行競采掇。一采盈我把,再采盈我囊。三采盈襟袖,四采盈籠筐。采歸深院攤荻箔,白雲捲地烘秋陽。秋陽烘乾付彈手,軋車札札施關紐。左旋右轉手足忙,棉子墜左花墜右。雙弓戛擊絮飛空,一燈絡緯月窺牖。錯綜配挈各有法,梭往梭來線分綹。從此衣被徧天下,人人挾纊得溫厚。舊聞此花名吉貝,《禹貢》織貝果是否?紡織之法教者誰,黃道婆是崖州婦。若準先農先蠶例,也應廟食共長久。從來美利推桑麻,此較桑麻利倍奢。姹紫嫣紅空自好,有田莫種閒花草。

讀呂近溪、呂新吾兩先生《小兒語》書後

赤子心當存,童心不可有。人非慎始基,窮經空皓首。

衛鈍,字玉鏘,號癯仙,灤州人。諸生。《止園詩話》:"衛玉鏘先生,灤之隱君子也。慕王新建之學,潛躬味道。家無儋石儲,晏如也。性愛山水,每出,以一竿自隨,樂而忘歸,歸則以詩畫寫之。其《石門口》詩云'林盡雙巖豁,溪流一峽吞。短松覆石磴,聚水護雲根',《贈佛洞山僧》云'巖空人去後,江净月來時。此際拈花笑,靈山已在茲',《偏涼汀》云'烟迷遠嶺飛靈鷲,江撼危亭起睡龍'等句,俱有瀟灑出塵之概。"

喜館地清幽

夙耽巖壑趣,茲館愜平生。境靜因心靜,山清復水清。春林滑鳥語,秋月冷溪聲。四序多幽事,優游移我情。

晚　　眺

晚山自淡烟,夕月在清瀏。江浦白沙明,依稀歸釣叟。

鄭家屛,字文宸,號葵圃,灤州人。由四庫館議序,累官饒平縣知縣。《止園詩話》:"鄭葵圃明府蚤歲豪華自喜,負氣甚盛,居官所至有能聲。晚歲家居,斂華就實。方山子之馳馬角勝,別是林巒風味矣。"

春日灤江泛舟口占

一艇泛春江,橫空鴈幾雙。舟人撐畫槳,欸乃自成腔。
未遇順風時,舟行祇怪遲。偏涼望不見,且看一枰棋。
日落晚山青,長天數點星。崆巄山對面,但聽水泠泠。
犬吠前村暗,燈明隔岸深。闕如惟一事,無月照波心。

鄭家興，字喜堂，灤州人。諸生。《止園詩話》："鄭喜堂談詩論古，每自出機杼，奕奕動人。少生於華胄，不以門祚相高，而山水寓意，詩酒陶情，胸中蓋別有邱壑。後因省親卒於粵。"

偶　　成

搆得書齋大如斗，子美之椽剛八九。圖書几案置其中，此外吾廬復何有。客來時與共清談，笑我無茶亦無酒。一卷陶詩讀未終，又向華胥覓睡叟。夢回階下自徘徊，閒倚西風看斜柳。

吳闓，字中立，灤州人。諸生。《止園詩話》："吳中立論事有識。因爲先人卜葬地，遂棄舉子業，習青烏術。術久愈精，吾鄉之言堪輿者多取衷焉。"

灤江泛舟

閒從河上泛漁槎，行到偏涼興更奢。天意若隨人意暢，笛聲欲靜鳥聲譁。一灣綠水浮紅日，兩岸青山走白沙。傍晚空明看不足，夾津漁火自橫斜。

惠景陶，字起潛，灤州人。諸生。著有《松菊詩草》。《止園詩話》："谷奇峰學博名希賢,易州人也。前司鐸海陽時,與學中諸友相酬唱。一日限轡字韻,頗逼狹,惟學博與惠景陶押韻最佳。學博云'度歲預支新俸廩,臨丁重粉舊朝轡',惠先生云'瘦同梅鶴空餘骨,典盡衣裘將到轡',皆妙切當時情事。"

過高尚書白雲樓遺址

勝地依然在,危樓何處尋。幾添新樹木,無復舊登臨。雪滿山空白,舟橫水自深。依依斜日下,相對幾沈吟。

姚愷戭,字仲和,樂亭人。諸生。《止園詩話》:"姚仲和性疏狂,好大言。嘗以詩豪自命,因自號曰'詩虎'。至今邑之學者多不能舉其名與字,而詩虎之號則藉藉人口。詩多警句。五言如'柳眠鶯欲喚,花病雨能醫''月昏燈影外,秋老鴈聲中''地寒關樹少,天遠塞雲多''鴈唳邊城月,蟲吟塞草秋''五夜不須望,千秋如此明''年光詩裏盡,春色笛中來''三杯傾月色,一榻坐蟲聲''關山三弄笛,今古一登樓''露盡枵蟲腹,霜多冷鴈肩',七言如'澗水一瓢和鹿飲,山田數畝共僧耕''數著閒棋雲裏寺,一聲長笛月中樓''三杯菊酒千峰對,萬里霜天一鴈孤''釀成今古三杯酒,叫破雲烟一笛風',《夷齊廟》云'臺高不著新朝土,松老猶留故國春',《右北平懷古》云'和龍宮外春蕪綠,射虎山前夕照紅',《閨思》云'繡得鴛鴦剛一半,願君化作半邊絲'。俱不失爲雅音。"

過紅坡 孟秀才宅

犬吠空山静，尋聲到草廬。慚無元亮酒，將過子雲居。書史羅秦漢，盤餐雜筍蔬。更承止宿意，塵夢盡消除。

春　　草

野色空濛一望時，東風還向舊根吹。愁生南浦江淹賦，夢到西堂謝客詩。露濕青鞾人步滑，烟迷繡陌馬蹄遲。眼前猶是長亭路，去日王孫有所思。

淮　陰　侯

國士寧終餓，微時一飯難。南昌亭長婦，錯當乞人看。

姚永錫，字恒軒，樂亭人。歲貢生，欽賜舉人。

落　　花

草自含烟柳帶絲，小園獨立正愁思。已拚春色匆匆去，況復風聲陣陣吹。倦蝶有情還戀樹,殘鶯無力尚啼枝。傷心最是尋芳客,獨向旗亭貰酒卮。

傅以德,字克昭,號止庵,盧龍人,祖籍浙江。州同銜。《止園詩話》:"止庵老人,傅星源給諫之曾祖也。嘗聞之給諫云:'老人壽九十有一,無疾而終;易簀之時,玉筯雙垂,殆所謂有夙根者也。'今觀其《辭世》詩云云,當非虛語。"

效御製秋閨怨限韻限數之體

二月聞郎過五溪,計程應到六橋西。八行待寄三秋鴈,百夢偏驚半夜雞。七夕雙星一河隔,十年孤恨兩峰齊。九迴腸斷愁千萬,四壁蕭蕭淚暗啼。

余年八十有八,甫得一孫,口占誌喜

假我殘年日已昏,何當德薄齒偏尊。追思善果承先世,明季都門黑眚災,吾祖捐費多金,以針砭治法活人無算。吾父在滇,積糧數百石,值吳逆變亂,城困民飢,散以濟衆。注念書香屬後昆。却愧克家無令子,焉能繩武有慈孫。於今萬事堪稱足,富貴浮雲總莫論。

辭　世

昔自那邊來，今從那邊去。問余何所之，西望雲深處。

郭堡宗，字拱辰，號竺洲，臨榆人。諸生。《止園筆談》："郭堡宗父喪，偕弟廬墓三年，以孝稱。"

祀　竈　口　占

不緣求富薦黃羊，一盞清泉一楪糖。好送竈君天上去，平生無媚是馨香。

郭陛宗，字躋賢，號陞軒，臨榆人。諸生。《止園詩話》："郭陞軒先生，廉夫比部之祖也。文思敏捷，下筆如風檣陣馬。院試冠軍，宗師疑而面試之，先生揮毫如宿構，宗師大加歎賞。後秋闈屢躓，遂以詩酒自娛。先生之祖廓菴孝廉有古硯，傳是宋雅州刺史金夢麟之故物，遺言子孫有登第者畀之。歷三世，硯存先生手。先生病革，以硯付比部之父曰：'祖硯期屬後人，而群從之鄉舉者皆宦遊，故我代為守。今付爾慎藏，或者其在吾孫乎？'比部以咸豐丙辰登第，果應其言，距先生之歿蓋已六十餘年矣。比部以'承硯'名齋，即謂此也。"

九日聚金陶村別業登高，集詩牌分韻

蕭蕭風雨欲成旬，晴日登高逐逸人。滿地黃花初掃徑，數家紅葉自爲鄰。題糕有客循遺躅，刻燭無才繼後塵。獨覺曠懷差不愧，丰標想見葛天民。

贐吳伯盂世講入都

玉樹臨風器宇深，相交何必計黃金。寶刀持助英雄膽，略寫平生一片心。

案：吳伯盂名鼎臣，臨渝人，由進士官部郎，出守贛州府。未第時窘甚，或不舉火。先生時給以薪米，語人曰："吳生豈終困者？"卒如其言，人稱藻鑑。

齊喬年，字松五，昌黎人。諸生。著有《北山詩草》。《止園詩話》："昌黎北面皆山，仙臺峰爲最，左龍潭，右鳳巘。齊氏松五少讀書水峪，長設帳水岩，終身蹤跡不離北山，故其所作詩即以北山名之。性情恬淡，學識淹通，固非借終南爲捷徑，致煩人作《北山移文》者比也。詩長於五言。佳句如'漁燈添野火，海月近孤城''岸深孤艇急，燈亂野風高''好山聞對户，明月靜依人''雲氣浮山動，泉聲落壁空''琴把山當面，樽開月滿樓''嚴霜浮客路，遠水淡秋容''人家寒綠外，城郭暮烟中''庭空惟有月，香靜却無花''海潮秋雨急，山影夕陽多''雲靜依潭白，沙明映海青'，俱足嗣響唐音。其從兄鵬年，號齊雲，歲貢生，宮保軍門大勇次子也。工書法，亦能詩。嘗見其斷句有云'秋雨有時盡,江濤何處深''萬松寒没嶺,一徑曲通湖''猿聲啼夜月,秋色淡烟波''黄柑紫蟹誰攜酒,紅葉青山我醉眠',頗有句法。惜未見其全璧。"

對　月

天邊秋月迥,相對似相知。萬里澄清夜,空庭獨坐時。蛩聲鳴砌急,花影向窗移。愛爾情無倦,明宵到莫遲。

秋　興

渺渺江村起暮砧,西風吹動旅人心。烟收野寺千溪静,月入蓬門一徑陰。病裏吟詩情慘淡,夢中把劍氣蕭森。百年事業嗟何在,細酌瘦樽對遠林。

李恩捷,字春圃,灤州人,漢軍旗籍。候補國子監典簿。著有《洛中草》《白下吟》等稿。《止園詩話》:"李春圃先生少習舉業,聰穎絕倫。隨先任於豫,遂援例入太學。試秋闈,屢薦不售。報捐府經廳,以旗籍無開缺之例,改捐七品筆帖式。又以非本色京旗,户部、内府互相推諉,無處行俸。嗣經汪左憲承沛入奏,對品補用。先生自量其力,就職典簿,然亦卒未銓敘也。晚年家居,課子孫,話農桑。興來作丹青小幅,設色頗佳。詩天趣盎然,得《擊壤》遺意。佳句如《夜飲》云'地白霜凝重,窗虚月上多',

《晚步》云'亂泉鳴曲澗,古寺隱深山',《春溪》云'肥添三月雨,青蘸半山雲',《喜友人遠來》云'天地留青眼,風塵認白眉',《雨後對酒》云'詩消長日景,酒助老年顏。竹引風穿牖,雲移樹疊山',《春日閒詠》云'門靜始知貧有趣,才疏好在事無多',皆得晚唐風味。"

春　　遊

門外柳條青,陌上草芽短。乘興快遨遊,于野邀同伴。雨霽振衣輕,風和吹面暖。山翠淡籠烟,水流春漲滿。好鳥鳴嚶嚶,小蝶飛款款。入目動詩情,頓遣三冬懶。野色夕更佳,戀吾歸屐緩。誰惠此清娛,天實使閒散。

喜司九叔祖歸里二首

憶昔從游日,秋期得桂先。己亥同試秋闈。一官身遠別,千里夢常牽。方計聲揚播,誰知事變遷。因公被議。荷戈仍奉命,塞上幾經年。

自經聞被議,深識宦途難。日月如川逝,關山耐歲寒。鏡中愁鬢改,塞上喜身安。六載歸鄉里,猶蒙聖澤寬。

對酒漫成

閒倚晴窗酒自斟,榮枯世事漫相侵。山川生色詞人筆,松竹凌寒達士心。惟鮑能分管仲富，非鍾誰和伯牙琴。胸中但使無纖累，何必長吁古勝今。

述　懷

悠悠一片雲，乘風向空舉。不肯遽歸山，猶思作霖雨。

韋經良，號蓉江居士，臨渝人，布衣，原籍浙江。著有《燕塞詩鈔》。

偶詠即呈吳雲門秀才

幽居風雨獨牀眠，不學參禪不學仙。得句每從敧枕後，驚心常在落花前。人生憂樂原無極，天付功名定有緣。只此慰君還自慰，毛生捧檄豈徒然。

弈棋口號

機關參透見人情，誰在名場不好名？直到推枰斂子後，悔將黑白太分明。

當局從來最易迷，偶因失著便傾敧。旁觀且莫閒評論，再看從頭另起時。

卷 六

李披垣，字南浦，樂亭人，西園方伯次子。由廕生歷官河南彰德府知府。著有《敬慎堂存稿》。《止園詩話》："李南浦太守歷官湖南、廣西、河南三省，清積案，平徭賦，才名藉甚。以不合於世被劾歸。太守工詩文，所作制義余已刻入《樂亭四書文鈔》中。古近體詩清氣往來。《游靈巖寺》七古一章最爲曹地山先生所擊賞。近體佳句，如《過大難》云'波翻鳴衆籟，水急失層巒'，《金山》云'藤蘿縹緲裴公洞，烟水蒼茫郭璞墳'，皆鍊句有法。"

題三友圖

青松云後彫，綠竹稱有斐。梅亦具貞姿，凌寒獨韡韡。譬彼孤窮人，抱道不自菲。三友命茲圖，戒哉傷比匪。

山 行

目逐羊腸去，身經鳥道回。亂泉隨石轉，絕棧想天開。橋畏中心逼，山疑半面裁。此行非蜀道，跋涉亦難哉。

赴桂陽州任 有序

乾隆丙子，奉母之官楚南。出都登驛，念雍正乙巳母從先大夫初任豫章，道經於此。今母春秋六十有六，又以某叨微禄，就養南行。前後三十餘年，曠乎若接。今日所歷之區，皆吾母舊經之處。追懷往事，不覺情傷。顧此詒謀，益深惕勵。即成一律，用誌弗諼。

板輿親侍又南征，三十年前有此行。燕翼分明垂世緒，豚兒敢道振家聲。烟開楚水三湘遠，地接蠻都萬壑晴。職忝分憂重自問，如何方不負專城。

故明户部主事節愍陳公 有序

崇禎甲申，闖賊入城，陳公捐軀殉難。先是，公以直言左遷順天府知事。副室王氏生子曰崑生。當節愍殉難日，王闔門自焚。將爇，王取節愍小像付崑生曰："兒持此亟往興化李氏依以終身，可使爾父宗祀勿絶。"崑生年甫十歲，慟哭不行。王固遣之，乃奔。妾婦有此遠謀，尤不可及。乾隆十四年①，褒明末遺忠，賜謚節愍。搜入本朝志乘。《陳氏家傳》，爲秋帆畢制軍手製，本末極詳。閲之油然起敬，爰各題一詩。

舍生取義有前師，大節初臨志不移。素位自能行患難，官階原不計崇

---

① 吉林大學出版社《永平詩存》校按云："應爲乾隆四十年。乾隆四十年，乾隆帝詔令旌謚、褒揚明末死事臣民；次年，廷臣撰成《欽定勝朝殉節諸臣録》。"

卑。煌煌國典蒐遺烈，默默天心補數奇。更得名賢文字顯，輶軒端不藉陳詩。

節愍公副室王氏 前韻

妾婦寧非百世師，幽光不與歲時移。覤孤獨遣謀何遠，苦節常伸志豈卑。粉黛久消香在宇，從容甘蹈命多奇。殘灰一掬酬夫子，慟絕共姜守義詩。

過嵇侍中祠懷古

勤王苦節著湯陰，祠宇多年氣象森。日月爭光千古事，經常獨振一時心。澣衣猶有村名在，掃墓全無子姓尋。幸賴緇衣給香火，依稀食報到而今。

夜發江陰，舟行無寐口占

安危一命仰舟師，欸乃輕操櫓柄遲。深夜鼾眠人語靜，小船搖曳夢魂知。岸頭犬吠中流客，枕上鐘敲獨寐時。遮莫五更殘月起，容光的歷隙中移。

與熊月三出都迎鑾旅次同作

潦倒車塵欲六年,誰知君已著先鞭。斷雲歷落開晴煦,遠水空明散暮烟。客邸不孤今日興,宦情重話舊時緣。沽來濁酒杯杯勸,此去彈冠近日邊。

李星垣,字函元,樂亭人。監生。西園方伯長子。

寄樹滋兒六首

一幅離詩萬種悲,思兒不見淚空垂。遙憐幼小無知識,不解傷心却爲誰。

骨肉雖親命不同,年年父子各西東。但期好命都歸汝,莫像而翁一世空。

馳驅我已負詩書,四十餘年志未舒。莫怨我嚴勤逼爾,將來恐爾悔當初。

汝已成童各立身,莫悲有父不相親。若言爾祖相捐日,屈指年華痛殺人。

今世天倫樂已稀,家庭莫問我歸期。爾心未解余心苦,事到臨頭也自知。

私心常念爾身孤,欲作團圓難自如。回首家園如夢裏,千山萬水一封書。

　　李詞垣,字掌絲,樂亭人。廩生,官雲南晉寧州吏目。《止園詩話》:"李掌絲,西園方伯季子也。由廩貢生官山西長子縣尉,再官雲南晉寧州佐。放達不羈,睥睨一世。善詩歌,工書法。雖風塵鞅掌,不廢文翰。喜陶成後進,在晉寧時,有從學而成進士仕至顯宦者。以子貴,贈奉直大夫。"

乙巳午日憶南浦仲兄

　　光陰倏忽又端陽,萬里遊人憶故鄉。親眷去年同樂聚,而今南北各分行。

　　承先啟後仗伊誰,孝友情真弟自知。猶憶去年分袂地,東門步送意遲遲。

　　張映斗,字南杓,撫寧人,琯子。貢生。《止園詩話》:"南杓,魯葊方伯曾孫也。臨渝河西惠源莊爲方伯葬地,花園遺址在焉。南杓詩所指之惠源莊爲渝西之惠源無疑。《畿輔詩傳》及《津門詩鈔》並作'思源',誤耶? 抑以故莊僑置異地,遂改惠爲思耶?"

惠源莊落成，同二弟拱之賦

惠源莊在盧龍北，今向津湄築草堂。結搆豈能如故里，登臨權擬到家鄉。須栽綠竹看新筍，更種黃花待晚香。素願與君何日遂，耦耕隴畝老農桑。

甯岐昌，字雒喈，號支山，樂亭人。諸生。著有《又新堂詩稿》。《止園詩話》："甯雒喈有《秋日雜詠》數首。《秋鴈》云'夜驚短夢新霜冷，晚度長空落照斜'，《秋笛》云'關山夜弄三更月，楊柳寒飛一院霜'，《秋蜨》云'月枝有夢空依樹，霜葉無香漫認花'，《秋花》云'落蕊何心沾暮雨，孤根加意鍊秋霜'，皆有句法。"

六十四歲自壽

花甲餘年四度逢，鬢毛都改舊時容。算同羲卦何曾減，數比顏齡恰已重。老去心情閒似鶴，瘦來形狀古於松。人生百歲皆由命，那用麻姑酒半鍾。

甯長年，字芝亭，樂亭人。監生。著有《芝亭詩草》。楊亦聞先生序云："吾婣芝亭甯翁，幼厄於痘，失厥明。而志趣高遠，脫然於素封酣拳之習。大懼無所表見,而思以藝鳴,爰從諸兄授讀。於經書既成誦,皆創通大義。因舉漢魏六朝三唐詩,一一耳熟焉,服膺玩索,默識窾窾。嘗試爲之,出語已驚其座人。"《止園詩話》:"無目而能讀書屬文者,於前代得二人焉。宋楊克讓子希閔,字無間,史稱其生而失明,聽誦經史輒不忘,屬文善縅尺。明季唐汝詢,字仲言,瞽而能詩,通古今。夫無目則不成人,今無目而能讀書,且卓卓以詩文自見,視天下之有目者何如哉。噫,誠異人矣!吾邑甯芝亭上舍四歲失明,六歲就傅,口授四子書一部,全詩韻一部。稍長,遂盡通經史大旨。作有韻之文,輒得新語,著有《芝亭詩草》一卷。方之楊唐兩君,詢堪鼎足。子二,元享、元灝,俱名諸生;孫申吉,道光辛巳鄉薦。"

小亭避暑

盛暑熱難當,葛衣須早換。攜琴過東園,隨意到池畔。荷花最可人,入酒香不散。沈醉夜方歸,蟾蛾自來伴。

自 述

目盲雖墨墨,幽事足娛心。倦枕書同睡,閒庭鳥共吟。知人惟仗耳,寫意但憑琴。每到無聊處,良朋自可尋。

秋夜懷易齋兄

冷露濕疏林,蕭蕭秋氣侵。鄉書憑鴈翼,別恨寄琴音。

送陰甥之中州

聽唱驪歌倍黯然,風吹別淚灑秋天。愁隨郟縣三千里,恨滿溟洲五六年。灤水瀠洄勞夢想,嵩山迢遞隔雲烟。匆匆此後無多囑,早寄平安字一箋。

自　述

茫然兩目竟何之,半榻閒吟一枕思。樽內頻傾新釀酒,案頭常設晚唐詩。但將短笛消長日,何用浮名慮後時。知足從來多樂事,怨天竊自笑人癡。

憶　女

觸物無情偏有情,傷春豈獨為清明。忽聞柳外黃鶯囀,疑是呱呱喚母聲。

李美，字純之，號醒莘，盧龍人。貢生。著有《清華堂詩鈔》。《止園詩話》："李純之明經家貧好學，尤耽吟詠，人稱樂吟先生。所著《清華堂詩》①，殁後温別駕序斌爲之選刻。《雨中》云'人事看雲變，鄉心聽雨孤'，《早發》云'倩人牽瘦蹇，治具聽鄰雞'，《一柱峰》云'"峭回樵客步，危壓榜人頭'，《平州雜詠》云'沮連大小南通海，城冠峰巒北護邊'，《對月》云'憐兒不解思千里，憶婦何能照九泉'，《書懷》云'關心此日螟蛉遠，入夢當年桃李多'，皆楚楚有致。"

古　別　離

三年伉儷期偕老，生女未週君遠道。姑逝翁衰信久疏，視妾更不如蒿草。弱息六齡解梳裝，每當憶父勤問娘。撫女爭如撫兒好，尋親可使還鄉早。

柬孟炎初

詩社飄零感舊遊，貧居咫尺罷相求。韶光此日花飛座，宦况當年月載舟。笑我經營皆畫虎，多君閒暇且盟鷗。何能把袂歸山麓，吟徹松風水上樓。

---

① 清華堂詩，原作"清華詩"，據《永平詩存》補。

薛國琮,字魯直,盧龍人。乾隆己卯舉人。官山西樂平縣知縣,因事謫戍伊犁,放歸,卒於家。《止園詩話》:"薛魯直明府有《伊江雜詠》百二十首,余刪存百首,刻入《永平詩存》。其中有一絕云:'異類俄成人體雙,懷春心事播伊江。何勞吉士頻相誘,感悅由來在吠厖。'自注云:'蘆草溝兵丁某女,年十五,與犬交。家人見之,急不得脫,以水沃之始解。塽家離婚,見公牘。案,此是人妖,可入《五行志》。'其事正與紀文達公所詠烏魯木齊人與豕交事作對。"《槐西雜志》云:"烏魯木齊多狹邪。冶蕩者惟所欲為,官弗禁,亦弗能禁。有寧夏布商何某,年少,美風姿。貲累千金,亦不甚吝,而不喜為北里遊。惟畜牝豕十餘,飼極肥,濯極潔,日閉門而沓淫之。豕亦相摩相倚,如昵其雄。僕隸恒竊窺之,何弗覺也。忽其友乘醉戲詰,乃愧而投井死。余作是地雜詩,有云'石破天驚事有無,後來好色勝登徒。何郎甘為風情死,纔信劉王愛媚猪',即詠其事。"

伊江雜詠

崑崙西上盡堯封,拜舞同聽紫禁鐘。關吏不須頻問訊,年年長荷聖恩濃。回羌各部台吉、宰桑三年輪流入覲,名曰年班。

櫨槍埽盡繪凌雲,萬里關河百戰勳。廟食千秋紛灑涙,回羌猶識舊將軍。平定準夷將軍、參贊及歷任將軍功德及人者,建祠,春秋致祭。

宮亭高聳入雲根,萬國嵩呼仰至尊。班末蕃王齊叩首,兩朝雨露滿西崑。萬壽亭在北門內。每逢令節,將軍率滿漢文武官員及藩酋長於此朝賀。

邂逅相逢夜未央,錦衾角枕玉生香。金環得協刀環約,我亦蘋蘩薦巧娘。流人薛筠將歸綏定,日暮,望林中燈火投之。睎一麗人,年二十許。問其郡,曰義渠;姓,曰天水。問生庚,豕渡河、鵲填橋時也。戲叩其名,顏頳,摘鬢上金花以示。薛意動,誦《子衿》。笑曰:"何不誦《氓也》?"賦《茹藘》,不答。既而賦《山樞》,則低眉若有所思。久之歎曰:"天涯淪落,兩當誰屬!吾不能如江妃之謝交甫也。且君非《采葛》,我異《褰裳》,今夕之遇,毋亦有夙緣乎?"於是委身相就。脫臂上雙玉環,出鈿盒朱絲,繫其一以贈,曰:"後當有驗。"未幾,荒雞唱曉,麗人急起入內。薛從之,闃其無人,惟見角枕雙横,瓶蓮半墮而已。薛愕歸。異日迹之,乃荒垣古屋,中塑一妙相。問之土人,云有趙姓宦此,閨中奉以乞巧者,名曰巧娘,趙去後祠無主矣。薛徘徊傷悼,攜酒醴奠之。不數月而賜環之音至。見王白沙《西征錄》。

居然人面好頭顱,劍戟森森頷下鬚。終以畜鳴招物議,看來伎倆祇黔驢。人面羊生深林叢葦中,色青白,毛長被體,大如驢,面似人形。頷下鬚長六七寸,亦類落顋鬍。回人謂其神異,不敢殺也。

卷　七

閻公銑，字丹赤，號惺甫，昌黎人。乾隆丙辰進士，官貴州獨山州知州。《永平府志》："公銑天性孝友，博極群書，工詩文。爲諸生即名噪一時。雍正乙卯膺選拔，遂舉於鄉，丙辰成進士。歷任浙江縉雲、麗水、嘉興、平湖諸縣令，陞貴州鎭寧、威獨山等州牧。精於吏治，臨大事而不眩。令嘉興時，捕拐匪富大，搜其舟，得採生折割兇具、骨殖藥物等類，究其黨與富子文等數十人置之法，士民稱快。其令平湖也，訪陸清獻之裔，綿其奉祀；倡修當湖書院，用廣理學之傳。其牧鎭甯也，雪陷獄之沈冤。其牧獨山也，清積年之舊牘。去之日，士民泣送於道，勒碑記石，設祠以祀。"

秋日遊蓮臺寺

寺古臺空在，池荒蓮已枯。林聲疑過雨，日色冷平蕪。野水緑於染，遙山青欲無。高天望不極，秋逼海雲孤。

水岩寺下院

山行六七里，一徑入叢林。鳳彩騰青漢，龍湫隱碧岑。鳳彩、龍湫，山寺之左右翼。閣寒蟠老樹,僧定滌塵心。前路烟橫處,層臺更可尋。

溫如玉,字尹亭,撫寧人。乾隆乙丑進士,歷官刑科給事中。著有《靜淵齋詩存》。

初晴放舟

新漲酣秋雨,奔雲散曉晴。曙光猶淡蕩,寒意入經營。帶濕炊烟重,移程樹色明。推篷高興發,首路綠楊城。

游虎邱四絕句

虎阜蒼涼劫屢新,劍池寒氣若爲神。我來應拜生公石,猶是當年解悟人。

曲徑幽關入定時,巡檐未已繞階墀。緣知仙桂根難覓,但愛香浮短簿祠。

風鈴七級上全吳,絕頂茫茫見太湖。試取鴻濛開鑿意,屧廊娃閣自荒蕪。

七里山塘絕點塵,明眸皓齒截肪新。爲思好句傳江永,未敢徵辭賦洛神。

王士升,字鶚薦,號碣峰,昌黎人。乾隆壬申舉人,官湖南咸豐縣知縣。著有《復性堂遺集》。《家傳》云:"咸豐公姓王氏,系出太原。早歲試冠一軍,補博士弟子員,爲趙學齋學使所器,旋食廩餼。乾隆壬申登賢書,會試屢薦未售。少承梅繩波先生指授,文生秀有法;詩學大歷十子,尤嗜少陵。"

不　　寐

不寐何爲者,勞勞送此生。夜長支濁酒,夢短攪雞聲。慘淡將沈月,參差欲曉更。披衣時坐起,風雨暗孤檠。

館　　中

旅舘寒燈寐不成,蕭蕭風葉作秋聲。關心最是他鄉雨,滴滴空階入耳明。

香斷爐煙酒不濃,羊裘被體盡蒙茸。家人若問清寒況,已著秋衣過半冬。

李廷儀,字石帆,灤州人。乾隆壬午舉人,官安徽亳州知州。著有《杏瓊齋詩集》六卷。張葆序云:"先生詩格高律細,卓然可傳。"《止園詩話》:"李石帆《杏瓊齋詩集》,諸體俱備,不名一家;唐音宋調,時時間作。近體佳句,五言如'閒雲橫嶺斷,野水入村流''孤村屯落葉,野水削平沙''幽傳孤寺磬，寒布一潭星''流星過雲漢，斜月上山峰''風捲雲消半，燈明焰起雙''烟深聞犬吠，山靜應人聲''江遠天隨盡，山高雲與齊''秋陰生曠野，日氣隱平橋''路險人忘倦，天寒馬不驕''官貧私惠少，法密遁情多''庭虛風落葉，簾靜月當門''破窗風力勁，空室火光微'，七言如'萬疊山光雲放出，一欄花影月將來''遍訪異書將酒讀，頻攜詩稿就花刪''樹老卧波垂釣坐，檐摧滲雨徙牀眠''身老已無千里志，家貧反爲一官忙'。《秦宮》云'八荒狼藉遭騎虎，六國逡巡僅飼鼂。空見車前刑假父，不聞海上返童男'。俱新穎可喜。又，《漳河弔曹孟德》云'已見命歸新世子，何勞人表故將軍。腋旁狐媚忘司馬，眼底英雄識使君'，又云'世間無我幾稱帝，天下何人敢負君'，不煩褒譏，而曹瞞之身分自見。"

望 終 南 山

壁立芙蓉迥不群，晴簾高捲碧氤氳。競拖長練泉分月，各吐奇峰嶺鬬雲。輦路舊痕埋細草，烽烟遺恨入斜曛。宦途捷徑今何在，好語天台處士聞。

詠　　史

養士深恩自古無，空教厚祿滿侏儒。累朝榮遇馮元老，一代人才莽大夫。劍氣秋原橫曉月，簫聲中夜起江蘆。至今風雨喧長樂，猶自聯群喚午烏。

過漳德府

天然襟帶舊山河,勝地匆匆客裏過。石骨冷飛秋暮雨,江心紅走夕陽波。銅臺人去遺荒址,古墓碑傾卧淺莎。霸業茫茫何處是,不堪牆外野樵歌。

卷　八

劉徵泰，字階符，號東村，臨渝人。乾隆癸未進士，由庶常改山西繁峙縣知縣，歷官沁州、絳州知州。著有《東村詩稿》。

甲子季春過廣甯，望醫巫閭山，紆道謁北鎮廟恭紀

大舜功何巍，百神俱受制。封茲閭山靈，爲此一方衛。我來過廣甯，縱轡極盼睇。周行百餘里，莫可窮其紀。峰巒未崚嶒，氣體獨雄厲。譬彼聖哲人，敦艮無乖戾。下馬謁荒祠，列列碑莫計。遍觀頌禱文，神功真非細。豈惟鎮封疆，並可祈陰霽。吁嗟彼南山，巖巖石若礪。既無霖雨功，徒有崇高勢。

寄王裕德

別來消息定何如，草草春歸夏又初。翹首恨無千里目，相思空寄十行書。文章歷久應彌老，詩興經春想更餘。詎識長安淪落客，繩牀蕭索賦離居。

汪誠若，字繼和，號梅叶，灤州人。乾隆乙酉副榜，官四川榮昌縣知縣。著有《願學集》四卷。

穀雨口占寄家人

天涯飄蕩一身輕，萬里家書問死生。薄宦未成彭澤隱，思歸無那少游情。春寒自覺牛衣薄，夜雨愁聞蛙鼓鳴。爲報妻孥勤苦甚，老夫隨處已埋名。

歸　　田

海棠香國古名區，報政深慚治譜迂。老馬應知羞棧豆，微軀空自笑侏儒。風流無計隨琴鶴，霜雪驚看滿鬢鬚。數十年來甘苦甚，故山歸去伴樵夫。

劉元吉，字中文，號芝圃，臨渝人。乾隆乙酉舉人，歷官開封府、曹州府知府。著有《嵩洛吟》。《止園詩話》："劉芝圃觀察，初由教習授河南唐縣知縣。縣屬湖河，乃湖北教匪自楚入豫門戶。地近唐子山，賊久欲據之，以扼唐邑往來之衝。先生招募鄉勇數百名，防堵嚴密，賊衆不敢北侵；並捕獲搶犯逆匪多名。錄功以同知提補，即以知府升用，歷開封、曹州二郡，署河陝道。"

勘災溫縣

湯年固有旱，堯年亦有水。偶值氣數偏，豈爲聖明累。溫邑濱大河，水患素難抵。況經秋雨頻，黃河漸北徙。泥沙捲地來，波浪掀天起。奔突抗百川，瀧沆失所恃。故道爲黃奪，高岸爲黃毀。沿河之居民，半爲魚蝦侶。禾麻已無秋，室廬忽傾圮。嗷嗷鴻鴈鳴，去就鮮所倚。惟爾賢有司，誠求保赤子。登之衽席上，急拯水火裏。饋食濟以舟，全活者衆矣。大府憂民憂，飢溺祝猶己。飛章急入告，翹首望恩旨。拯溺兼拯飢，不愧撫豫使。

香山遇雪

杖策步雲端，重裘尚怯單。一天風色厲，滿徑月光寒。驢背詩成易，陽春曲和難。蒼生方待命，未許臥袁安。

登少林寺

迢遞幽林隔暮烟，翠峰忽到馬頭前。乘鸞人自懷梅福，拜石吾將學米顛。雲水生涯尋舊夢，山川遊覽信前緣。一聲疏磬從空落，棒喝當頭始悟禪。

辛大成,字蘿村,盧龍人。乾隆丙戌進士,官四川昆寧縣知縣。

晚步壩上

霽色開芳甸,山泉繞壩流。晚霞紅照水,疏木綠平樓。寺邇聞清磬,人稀羨野鷗。寒蟬何處響,歷歷報新秋。

閒居書事

幾年辛苦走天涯,攬鏡徒驚兩鬢華。南國未遺姬伯樹,東陵且種邵平瓜。終饒清夢朝丹闕,敢學羞顏問白麻。草莽依然歌帝力,微臣不遣到長沙。

秋日郊望

雨罷涼生鴈影遙,蓼花未謝綠楊凋。詩情畫意溪南望,烟鎖秋江第幾橋。

宋赫,字東野,撫寧人。乾隆戊子舉人。著有《東野詩草》。《紅豆樹館詩話》:"梅樹君錄寄永平詩廿餘家,詩境之樸老蒼秀者首推東野。其詩得諸樂亭訓導韓瑟白兆桐,瑟白得自樂亭諸生甯綺瀾元顥。甯云:'少年時曾及見宋公之爲人,蓋骨鯁古君子也。'"《止園詩話》:"宋東野先生性耿介,不與俗偕。久困名場,以舌耕爲業。《讀新會墨》有句云:'一自王維登第後,新聲都愛鬱輪袍。'其懷抱之抑塞可想見矣。詩集甚富,惜歿後多散軼。近體如'小立淡將夕,輕寒渾似秋''鳥歸籬外樹,人倚笛中樓''世味同僧淡,吟情與菊閒''鴈聲經雨斷,帆影抱雲流''斷鴻雨送方呼侶,疏柳風吹尚曳秋',絕似晚唐名家。"

清明念先慈墓不得瞻拜,感歎書此

草色纖纖曉徑微,寸心無復報春暉。采蘭補後遊還遠,捧檄生前願已違。滿陌輕陰人上塚,一簾細雨客沾衣。去年此日逢寒食,尚倚門閭望我歸。

寄懷張虹溪

相思兩地各悠悠,憶枉佳篇問舊遊。"兩地相思一樣愁",虹溪見懷句也。攜室梁鴻仍寄跡,依人王粲故多愁。夕陽芳草橋邊路,暮雨飛花柳外樓。回首故人今阻絕,不堪寂寞對春流。

郭陛宗,字覲丹,臨渝人。乾隆戊子舉人,官清苑縣教諭。

小　松

小松倚怪石，新栽集勝場。肯羨大夫官，而薄君子鄉。碎影走蛟蛇，貞蕤拒雪霜。工度須異日，骨相已昂藏。翻厭雜花草，狼藉滿階香。

趙桐，字奉岡，盧龍人。乾隆己丑進士，官安徽滁州、直隸州知州。

滁州誌別

三十年來薄宦遊，何堪解組滯滁州。慚無惠澤周民隱，幸乏災祲免聖憂。釀水清含泉石古，豐山香滿桂花秋。而今曳杖閒行樂，把酒持螯野渡頭。

李法，字憲文，號竹嶼，灤州人，漢軍旗籍。乾隆庚寅舉人，歷官安徽合肥、東流縣知縣，終都察院經歷。

秋日山中即景

我性愛山居，秋光復窈窕。人行樹杪微，雲影空潭繞。楓老帶殘霞，烟沈破孤鳥。推窗暮色清,隔嶺鐘聲渺。

暑月對冰有贈

一堂懍懍銷炎烈,青蠅逃遁蚊蚋滅。愛爾千秋一片心,對之洗我肝腸熱。滿貯玉壺供玉堂,調和金鼎生清涼。何如深藏石磵底,本來完我無斲傷。

春　　柳

亭臺處處綠芊綿,百尺柔條濯露鮮。灞岸已迎行客馬,春江初繫釣魚船。微風燕舞縈青浪,細雨鶯啼鎖翠烟。漢苑隋隄今已矣,惟宜五樹種門前。

石祖安,字砥如,灤州人。乾隆辛卯舉人。《止園詩話》:"石砥如先生,灤之名宿也。家貧好學,博通經史,從游者屨滿戶外。及門抉科之英,鄉會兩闈皆一遵其繩尺。選河間府任邱學博,將履任卒。"

和莫乳泉刺史《夷齊廟》原韻

何須逐世掠浮名,窮到西山節義成。讓繼唐虞因以孝,忠同箕比益之清。宸遊挦藻揚芳潔，吏治崇廉訪志行。盛世不曾湮古逸，幾回憑吊動遥情。

王昌，字耀東，灤州人。乾隆辛卯舉人，歷官山東曲阜、黃縣知縣。《止園詩話》："王耀東先生性穎悟，篤於學，操守甚堅。平生不輕與人交，交則皆純士。嘉慶初，由舉人大挑一等歷宦山左，所至皆以實心爲實政，紳民多愛戴之。嗣因不合時好，投劾歸。急流勇退，有陶靖節之風焉。制義理法清真，純乎先正。詩非所長，然亦有德之言也。"

戊申年六月二十八日灤江湧漲，邑南村俱成澤國，禾稼室廬漂没幾盡，非常之災也。感賦

屈指門閭幾百家，算來都是斷生涯。空堂不住年前燕，冷竈惟餘井底蛙。圯陧牆根堆腐草，摧殘籬落冒枯花。何人忽向東灘望，半是荒沙半水窪。

竟日無聊苦類囚，夜來獨坐暗生愁。一身露氣疑爲雨，滿地蟲聲漸入秋。沙岸水崩驚宿鷺，流鶯風度戀孤舟。波濤盡在衡門外，爲問何年免枕流。

勸　　學

檢點新聞與舊聞，不愁累黍不成斤。光陰過我同駒隙，驚看檐前日

又嚑。

鄭悌,字仲張,號春潭,灤州人。乾隆甲午舉人,官慶雲縣教諭、陝西商州州同。《止園詩話》:"鄭春潭先生司鐸慶雲,官無廨署,僦屋而居,俸金外無以舉火。三俸滿而後赴部需次,於嘉慶二十年秋選陝西商州州同,時年已六十有六矣。爲人近木訥而風期磊落,於友于誼最篤。其名曰悌,循名責實,殆無愧色云。"

灤江泛舟四絕

又從舟子問岒巆,峭壁嶙岣一徑通。不道雲梯還有路,頓教眼界海天空。

臨風挹酒話從容,棹轉方知抵雪峰。綠水四圍山對面,清幽占盡嶺頭松。

纍纍高塚傍邱園,水繞山環鳥自喧。漫説風流全歇絕,於今猶得識西軒。

歌酣晚棹下漁汀,冷落荒臺得未經。不見當年垂釣客,獨留千古一峰青。

甯羲年,字易齋,號南薰,樂亭人。乾隆甲午舉人,官山西屯留縣知縣。

學山園別業

習静平生願,新成半畝宫。忘機看竹雨,得意聽松風。亭後一峰秀,階前三徑通。坐談忘出處,長此愜幽衷。

郭瑾,字懷珍,號玉亭,臨渝人。乾隆丁酉舉人,歷官湖北麻城、棗陽、宜城、黃梅等縣知縣。著有《清貽堂賸藁》《西淮課餘録》等集。《止園詩話》:"郭玉亭明府,由舉人大挑一等歷官湖北縣令,潔己愛民,所至有廉明之譽。戊申分校鄉闈,得士最盛,主司余秋室太史亟器重之。生平無書不讀,尤長於詩。"

南　　陽

真主起南陽,雲龍定四方。偶行新野縣,遥望貴人鄉。豁達同高祖,宗支本靖王。功臣三十六,誰復嘆弓藏。

張遜,字守謙,號韻犀,臨渝人。乾隆丁酉拔貢生,癸卯副榜。

仲冬留孫塞叟小飲，盤中有藕，即事遣興

詩以言志毋剿說，相與爬羅復剔抉。吟成那覓阿買書，冷淡生活自咀嚼。我曩好吟苦索居，何人指南傳祕訣。翁來倒屣出戶迎，坐聆清言如霏屑。可憐人間一謫仙，鬱鬱同我心蘊結。且從無樂尋至樂，劈箋分韻手不輟。殷勤留客酌白酒，愧乏羊曼珍烹設。佐盤惟有西施腕，却怪我家廚膳拙。嗟藕鏤玉是同心，平生清骨凝冰雪。庖人不治湮其才，空有七星羅胸列。我亦未作席上珍，得毋天公故挫折。物耶人耶兩莫悲，祇在泥中全白潔。

卷　九

　　高占魁，字約齋，號亭嵐，遷安人。乾隆丙午舉人，歷官山東濟寧州知州。著有《三味齋稿》。《紅豆樹館詩話》："約齋宰霑化，十年不調。霑化地瘠，約齋以清静治之。衙齋蕭寂，幾欲比迹萊蕪。嘉慶癸亥，邑大水。約齋躬親履戡，洪濤没馬腹，不辭勞瘁。捐俸賑給，全活無算。霑地濱海，漁户日供官魚，歷任以爲常。約齋至，却之。人曰：'官日食一魚，取於漁者廉甚，何却爲？'約齋曰：'吾食一魚，吾幕食焉，吾僕又食焉，吾胥吏又食焉，漁之日供者恐百魚不給也，何爲而不却！'鐵冶亭宫保撫山東，廉其清慎，以卓異薦調冠縣，旋升濟寧牧。甫三月，以病引去，卒於濟南。囊篋無長物，人尤稱其清介云。"

送竹樓歸合肥，即步留别韻

　　仕路崎嶇蜀道難，期君砥柱挽狂瀾。纔覘濟世書生業，頓解雄心老將鞍。薄宦竟同雞肋棄，浮名誰作豹皮看。壯懷不爲塵緣淡，别墅圍棋仿謝安。

癸亥季冬病劇，李半山先生醫治經旬始愈，感賦以謝，兼志病狀

浮生原是鏡中人，病裏偏多未了因。空誦杜詩驅瘧鬼，誰披韓集送窮神。驚心幾徧籠中藥，苦口難嘗海外珍。料得玉樓無位置，蜉蝣暫寄百年身。

晨夕蒙茸擁敝裘，盤餐淡泊厭珍羞。丹田火冷新芽暖，銀海光飛曉霧收。墍掩虛舟風乍定，身無媚骨體偏柔。何時杖履離禪榻，好與先生伴勝遊。

李綸，字春卿，遷安人。乾隆丙午舉人。著有《賓翠軒遺稿》。《止園詩話》："李春卿先生天性醇篤，學問淵雅，讀書外無他嗜好。六上公車，五薦不售。後會試大挑一等，以知縣籤分浙江，引疾不赴。閒居課子弟，立文社，延郡邑名宿爲師友，會文講藝無倦容。晚於宅畔闢賓翠軒三楹，爲養閒之所。四山環翠，百鳥鳴春，書架筆牀，吟嘯竟日。生平愛才虛己，遇有佳詩文，隨手鈔錄，記誦無遺。至於自作篇章，多不存稿。遺稿止七律八首，茲錄其四。"

雅集園新亭落成二首

元龍意氣未消磨，屈指年來竟若何。廿歲風塵猶氊罽，一編螢雪尚摩

挈。談經聊比揚雲宅，遣興還同邵子窩。好是一犁新雨後，晴窗側耳徧農歌。

芸閣陰陰暑氣清，最宜酒興與詩情。江楓雅贈多朋友，池草清吟幾弟兄。日轉雕欄濃蔭滿，苔侵芳徑綠茵成。雞蟲得失尋常事，消遣良辰且聽鶯。

送金德音之仁和兼懷鄭肅卿

又復攜簦賦遠遊，柳絲無力繫驊騮。文章更得江山助，意氣寧爲兒女柔。湖上鶯花白傅曲，江邊雲樹仲宣樓。遙知夜雨秋風裏，共倒清樽破旅愁。

惆悵韶光似逝波，詩情酒興半銷磨。交游星散已如此，身世蓬飄可奈何。南浦神傷芳草沒，西堂夢醒遠山多。只今意境蕭條甚，愁看春風到碧蘿。

劉之睿，字瀋川，遷安人。乾隆己酉進士，官陝西鎮安知縣。

鞚馬葵園

文章經濟紹前徽，餘韻猶然在遠畿。殘局棋終春日永，閒庭花落訟書稀。千金結客迎珠履，一劍從戎著鐵衣。歎息風流今已逝，渭川楊柳自依依。

衛理元,字功釐,一字燮乾,灤州人。乾隆己酉拔貢生。

泛舟登崆巁山

見説崆巁不可躋,於今尋得白雲梯。石壁鐫"白雲梯"三字。一灣水抱山村小,萬丈峰回寺宇低。別有洞天深處見,更無俗相静中棲。同人共入通幽徑,穩步須防最險谿。

馬學賜,字葵園,遷安人。乾隆癸丑進士,官陝西渭南知縣。《止園詩話》:"馬葵園明府幼而岐嶷,立志不群。以家事中落,年十一始就外傅。十七入邑庠,且讀且耕。乾隆戊申舉於鄉,癸丑成進士,以二甲第六名授縣令。歷任藍田、涇原、渭南等縣,所至愛民教士,興利除弊。韓城王文端公嘗稱爲陝西第一好官。卒時五十三。所著有《玉照軒時文》行世。"

題高晉三小照

風雪黯征袍,悲歌撫孟勞。客星沈畎浦,遺像活添毫。門閥桐枝衍,楹書鶴錦韜。百年傷逝賦,頎頎玉山高。

蔣第,字次竹,號問樵,盧龍人。乾隆癸丑進士,官山東青州府同知。

著有《楚遊草》。

送家我懷赴京兆試

袖裏詩皆席上珍,漫攜行卷踏緇塵。如椽巨筆能扛鼎,若水虛懷尚問津。衣鉢此生垂白感,雲霄幾輩出藍人。槐花柳汁須臾事,莫負青青兩鬢春。

楊開基,字亦聞,一字復莽,樂亭人。乾隆乙卯進士,官奉天教授。著有《家塾問業》《共學編》《琴律》《算學》等稿。《止園詩話》:"楊亦聞先生生而聰穎,讀書有奇悟。陰陽數術無不旁通。乾隆乙卯登進士,釋褐選奉天教授。將赴官,門人請撮論學大端,留備參考,乃著《家塾問業》一編。其綱領云:'學者,學為人而已。從《中庸》探源而後人可識,以《大學》為則而後人可為。於《論語》窺家風,於《孟子》看作手。'約得七千言。到官作《儒學明倫篇》普告四庠,以維世道、正人心為己任。時人比之蘇胡教授。"

將之奉天,留諭子姪

賢否從何問定評,反身自問最分明。縱無遠見涵千古,那便真心昧五更。天地生人須有用,爺娘養子望成名。含毫諄切無多語,莫負恩勤爾許情。

題　燈　罩

藜光分緑桂分紅，送喜新花次第同。不用綵旛高處掛，四圍卓立玉屏風。

燄吐蘭缸隔碧紗，閒庭深護晚風斜。誰家帷頂煤全黑，敢玩清宵擲歲華。

龐克昌，字思聖，號花村，臨渝人。乾隆乙卯副榜。著有《嶺雲編》。《止園詩話》：“龐花村明經博學好爲詩。家居授徒，成材以去者甚衆。晚年以副車終，壽九十餘。其中副榜有詩云‘誤中偶然同博浪，題名仍自外孫山’，極爲典切。其他佳句，如《望海詞》云‘蓬島仙人境，梯航萬國舟’，《詠豆腐》云‘潔白原非染，清芬自有香。何須嫌軟弱，最好是端方’，《喜晴》云‘岫雲微帶雨，溝水遠通河’，《登高》云‘鴈迷紅葉路，人醉菊花天’，《竹扇》云‘得手便能消溽暑，抗懷隨處有清風’，《山房夏日》云‘寄傲有風來北牖，忘情無夢到南柯’，《卧病》云‘日當長至寒難敵，人到衰年病易生’，《重九望陶然亭》云‘紅葉山寒人乍到，白沙水淺鴈初飛’，大有晚唐風味。”

閒居偶成　三首録一

習習谷風至，吹我鬢成絲。富貴等浮雲，何用苦求思。聖人罕言命，勤者福之基。力學與力田，功修在及時。先難而後獲，吾道本如斯。蹉跎虛歲月，無成復怨誰。

春草篇

東風又綠芳洲草，惹霧含烟生意早。苒苒香浮公子袍，萋萋碧染王孫道。王孫公子愛閒遊，腰懸錦帶佩金鉤。金勒馬嘶長堉外，玉樓人醉大堤頭。大堤女兒行步緩，尋芳拾翠多結伴。旖旎裙腰一道斜，芊眠鈿朵雙眉滿。鈿朵裙腰色色新，游絲落絮遶文茵。東堂已夢添詩句，南浦還傷送別人。南浦東堂皆如此，極目菁葱更千里。盧龍塞上綠初肥，昭君塚邊青未已。蕩子從軍去不歸，南園蝴蝶雙雙飛。題鴂聲中春欲暮，寸心何以報晴暉。

刨錢行 有序

乾隆四十七年，歲在壬寅。春二月，石門城西山及城北角土人刨地，得時錢數貫。嗣後所在刨之應念而有哄動，數百人擁擠搶奪，三日乃止。余感之，因作《刨錢行》，誌異也。是歲春夏大旱，秋大風，大水山起，水泡傷人甚多，災異不可勝紀。

石門城頭赤狐號，白日黯淡妖氛高。頹垣敗址風颯颯，何來金錢滿空壕。土人紛紛掘地取，揚塵直欲迷晴皋。男女擁擠不復別，搶奪踏盡蓬與蒿。如此三日忽然止，泥塗垢面空焦勞。百歲老翁亦驚倒，問之不解心鬱陶。爲災爲祥定有數，誰能先事窮鼇毫。我聞富貴天所命，臨財苟得非人豪。囊中造孽空積累,杖頭沽酒且酕醄。君不見鄧通昔日稱錢癖,賜之嚴道銅山最堅牢。寵移愛奪溝壑死,錢乎錢乎,性命不救輕鴻毛!

詠　菊

疏翠非關雨,清寒不畏霜。品高惟爾淡,節晚共誰香。籬外迎秋老,樽前送酒涼。素懷甘寂寞,不是傲群芳。

鄧林釣臺

　　明永平兵備道鄧林朱國梓以流寇陷京,涕泣誓死。母夫人曰:"死固其分。顧吾幾七旬,汝死吾亦死;徒死無益,盍隱忍為復仇計乎?"於是奉母歸石門山村,即釣魚臺之北魏家莊也。常垂綸於臺上,當事屢薦不出。後人傳之,名鄧林先生釣臺。

槐檟滿目痛何言,家國飄零泣淚痕。就養有方全母命,復讐無計答君恩。殘山剩水孤臣跡,落日寒烟隱士魂。搔首釣臺人不見,空留明月照芳蓀。

汪鑑,字愚泉,灤州人。嘉慶辛酉進士,歷官柳州府知府。

灤州十二景詩,和吳庚亭刺史韻 兹錄其二

灤水龍翔

一帶灤洄抱海陽,恬波化日共舒長。蜿蜒曲勢趨三島,夭矯靈源下五潢。沙岸風柔痕漲雨,漁汀月冷影欺霜。使君政暇饒遊興,高詠應驚老蜺翔。

湫嶺松雲

曠懷隨處寄遊蹤,峻嶺嵯峨自倚筇。颯颯松濤常帶雨,濛濛雲氣欲遮峰。巖巔刹古飛靈鷲,湫底波澄穩蟄龍。倦拂石衣聊小憩,遙天陡落一聲鐘。

田種玉,字璞山,昌黎人。嘉慶辛酉、甲子、丁卯副榜。

口占勖同學

君其騏驥歟,一日可千里。奈何伍狸狌,腐鼠甘如醴。君言學海浩無邊,行到天邊即海邊。桂我棹,蘭我船,但行莫問幾何年。方丈蓬瀛指顧前,前路方賒莫息肩。君不見五十學詩有高適,廿七發憤有老泉。

李中淑,字致軒,號陶山,樂亭人。嘉慶壬戌進士,歷官大名、正定府學教授。《止園詩話》:"李陶山先生爲人方正,言笑不苟,事親以孝聞。乾隆丙午登賢書,嘉慶辛酉大挑一等以知縣用,告降。明年成進士,以知縣用,又告降,選大名府教授。丁內艱歸。侍父疾,累月不解衣帶。父嘗泣謂曰:'人言久病牀前無孝子,今吾以病久知孝子矣!'旋丁外艱,邑侯呂公聘主書院講席。出入必以禮自持。生徒有以訟事欲求代爲緩頰者,以百金爲壽,先生峻拒之。服闋,選正定府教授。在官務以講學明倫爲先,凡學中應得規費,皆聽其人自予,絕不與爭。副學不悅曰:'子亦赤貧,何沽名若此,獨不爲他人計乎?'先生笑謝曰:'吾輩俸銀每日一錢一分,買豆腐喫不了,何必與窮秀才較錙銖哉!'道光二年卒於官,貧不能治櫬。有王生以其家柏棺殮之,諸生醵金送之,始得歸。生平著作甚富,歿後俱散失無存。所錄三詩乃得諸昌平楊復莘學博手抄本,蓋復莘嘗秉鐸樂邑,與先生時有唱和云。"

同年楊復莘學博以家藏潛籟軒詩卷見示,因步錢謝盦韻賦贈二首

數載江南客,高風展卷餘。詩中真有畫,名下自無虛。倡和原天籟,嶔崎見古書。傳家欣得此,詎止比璠璵。

幸展名賢蹟,相看興未闌。於斯存大雅,何必恥微官。盛事留潛籟,餘香付畹蘭。墨華真可寶,玩賞莫輕刊。

和寄復莘雨夜見懷原韻

薄宦三年契闊深,他鄉無自結知音。忽來故侶相思札,得悉良朋莫逆心。長夜消殘誰共語,新詩改就只孤吟。一官匏繫同金馬,避世何妨頌陸沈。

吳蔭松,字聯厓,撫寧人。嘉慶壬戌進士,官河南襄城縣知縣。

水　　仙

藐姑仙子下瑤京,玉骨珊珊削不成。幻作名花冰雪豔,移來綺几水雲清。洛川香泛凌波影,漢浦人留解佩情。翠袂霜膚誰是伴,相憐惟有許飛瓊。

高作桂,字馥堂,昌黎人。嘉慶甲子舉人,官隆平縣教諭。

和靜心上人酬馬星園原韻

虎溪風月兩無邊,拾得寒山舊屋椽。心擬蓮花求佛品,手翻貝葉作詩箋。自來吾道多三益,非是楞嚴又一天。座接詞壇聯好句,從今何處不參禪。

秋　氣

最高樓上挹晴暉,爽氣來時暑氣微。著我舊衫常覺怯,看他新鴈共爭飛。西山靜對幽懷愜,北牖涼飄小簟違。斂就浮華先去躁,文章最忌是癡肥。

魏元烺,字實夫,號麗泉,昌黎人。嘉慶戊辰進士,由知縣洊陞福建巡撫。內召,歷官兵部尚書,謚勤恪。

和靜心上人酬馬星園原韻 有序

　　甲戌春暮,偕諸同人遊北橋寺看牡丹,並欲覓精舍數間,爲姪輩讀書之所。適見靜心方丈之北壁有《蓮華詩》一絕,爲把玩者久之。夏日,星園先生攜姪輩寄硯平山,贈答甚富。而靜心所和之作尤覺灑脫可嘉。余既高其品,兼愛其才,一時同人及子姪輩俱樂和之。余亦不揣荒疏,勉和一律,用博大師之一噱云爾。

選得詞場近佛邊,白雲深護數間椽。清明有約依初地,菡萏留題擘素箋。阿買幸分平等慧,支公許住一方天。西來大意今參著,記取庭前柏子禪。

李恩繹,字巽甫,號東雲,灤州人。漢軍旗籍法子。嘉慶戊辰進士,由編修歷官江西、廣西布政使,署江西巡撫。著有《讀易備解》《古韻備考》《東雲鄙言》《佃芸詩草》。《行狀》略:"府君自罷官後,不問家事,經年靜坐一室,讀書自娛。自奉儉約,每餐不過二簋,晡後率素食。而歲時祭祖,必躬親烹飪,務致豐潔。喜培植花木,或親加灌溉,階庭之際勃然蓊鬱,早晚拄杖逍遙玩其生趣。自號佃芸老農,又稱佃芸老拙。"《寄心盦詩話》:"東雲先生最深於《易》,有《讀易述知》一篇,中云:'象外而生象,巧喻極物類。即使能妙合,徒供文墨戲。聖人之解經,辭達無餘字。況於教勸方,更復何所試。'足掃漢以來無限支離駁雜之弊。"

讀放翁詠武侯諸作

行藏有道推林宗,幼安避亂遊遼東。逍遙遠引效閔子,天下不敢輕儒風。南陽有士吟抱膝,泥蟠自在居隆中。卷懷有似蘧伯玉,嘉遯可侶龐德公。隱窺飢溺懷有素,先覺覺後天人通。三顧適符三聘數,去桀就湯將毋同。宣仁仗義國無小,彙正不必師有功。東周不能用宣聖,春秋筆削驚臣工。滕文小利重王道,俯視七國如飛蓬。赫然反手扶漢祚,對戡操懿真奸雄。但使乾坤正倫紀,皋謨伊訓同孤忠。潔身高蹈豈不易,長沮桀溺焉敢從。天生聖賢為救世,為我毋乃淪虛空。優優敷布傳正統,蹇蹇王臣勞匪躬。森森正氣教孫子,翩翩出處依中庸。江都繁露未施措,北海秋霜賢不容。求志達道嗟未見,千古風流仰臥龍。

伯兄八旬，南遊未歸，詩以誌憶

月冷人宵立，風寒鴈夜飛。弟兄經久別，雨雪幾時歸。已感壎篪缺，頻驚齒髮非。願隨扶竹杖，相賞在餘暉。

詠　　燕

掠水銜泥繞畫樓，高飛雲影更誰投。炎涼歷盡歸何處，去住原來得自由。

李筌，字存旨，樂亭人。嘉慶戊辰舉人，官河南上蔡縣知縣。《止園詩話》："李存旨明府爲人純孝，嗜讀書，居官清廉。公暇每以課士爲務。戊寅鄉試，解元劉沂水、第三名魏林芳皆出其門。"

水　仙　花

仙容爭識洛川神，供養偏宜玉女盆。那許塵氛侵皓質，全憑水石妥芳魂。扶持清夢梅無力，洩漏春光月有痕。竹屋紙窗頻領略，騷人掩卷伴黄昏。

卷　十

　　李廣滋，字卷山，樂亭人。嘉慶己巳進士，由編修歷官福建道監察御史。著有《窗南草》《塞外草》《閩中吟草》《雪泥鴻爪集》《保陽集》。《止園詩話》："李卷山侍御，西園方伯之孫。在諫垣，抗直敢言。嘉慶末東巡興役，以言事忤旨，謫戍烏魯木齊，到戍所浹旬即賜環。素性高爽脫俗，風味似晉人。放歸後益肆情觴詠，不問世事。道光初，直隸制軍蔣礪堂先生聘主蓮池書院講席，一時名士多從之遊。余題其《雪泥鴻爪集》有云'所嗟屈軼同芳草，不在堯階二十年'，蓋不獨爲先生惜也。詩古體縱橫跌宕，瓣香青蓮；近體在隨州、柳州之間。佳句五言如'鳥啼深院午，雲過小窗陰''鳥歸秋鏡裏，鐘響暮烟中''日束林腰紫，霞飛水面紅''天空雲失影，船急水生棱''老知腰脚重，貧仗友生多''愛月眠常廢，貪涼坐屢移'，七言如'花開小徑聞鶯候，雨歇迴廊見月初''日淡四時山駐雪，地寒五月柳飛棉''鋪地晚蕎開淡白，圍村老柳帶微黃''依依楊柳嬌春色，草草鶯花送客程''征途最好逢三月，宦跡無端已十年''春如短夢醒何速，山似奔濤怒未平''葡萄春熟千蕃醉，苜蓿秋肥萬馬聞''野店有窗皆映雪，山屯無竈不燒松''千里河流環塞曲，五泉山勢壓城低''春謝殘紅沾馬足，山深嵐翠撲人衣''去途爭似歸途好，出險寧忘入險時''馬上名山如讀畫，興中清課只敲詩'，俱耐人尋味。"

春　雪

春雪挾春風,風定雪未止。紛紛空中來,到地旋成水。鳥雀静不喧,微聞打窗紙。何處午雞啼,幽人初睡起。

虞美人花

此身端不負重瞳,名姓猶存霸業空。嫩葉紛披歌袖綠,芳叢髣髴舞衫紅。英雄淚盡秦關外,月夜魂歸楚水東。呂穢戚冤成底事,也應一笑付春風。

潼　關

百二雄關據上游,曈曨曉日净高秋。西瞻華嶽三峰竦,東下黄河萬古流。幾代興亡争險要,五陵風雨暗山邱。即今玉塞烽烟息,吏卒閑閑倚戍樓。

咸陽懷古

西風禾黍滿平疇,憑吊偏增異代愁。野草幾經秦苑雨,暮烟遥接漢宫秋。回思煊赫車千乘,誰問荒涼土一抔。惟有便橋清渭水,滔滔兀自向東流。

戊寅上元後二日喜楊復莽至寓,口占奉贈

落燈時節春猶淺,訪我來尋接葉亭。亭在爛麵胡同。十載心知誰聚散,三年宦跡尚飄零。君銓選需時。談深不覺窗升月,坐久相看鬢有星。書法縱橫詩格健,邇來兩眼爲君青。

江城晚眺

山正當門水繞莊,數株垂柳半疏黃。雲歸衆壑飛殘雨,鴉返前林閃夕陽。晚種紅蕎猶被野,新收青穄未登場。不因番語車邊近,錯認他鄉是故鄉。

山行即景

舍車而步更支筇,旋轉如螺嶺數重。來路錯疑爲去路,後峰轉認作前峰。危橋跨澗難容足,奇石淩空欲壓胸。一角紅樓天半出,回頭又被白雲封。

李恩綬,字來軒,號定山,灤州人,漢軍旗籍。嘉慶辛未進士,由庶常改官吏部文選司主事。著有《朗齋詩草》《閩游小草》。

除夕同舍弟純仁、緒之、東雲作

雪後輕寒旅思牽,爐中炙炭暖無烟。燭輝炯炯酒盈缶,斗柄搖搖星滿天。卅載追維傷往日,四人相對已明年。春光莫遣隨流水,好向長途共著鞭。

張焜,字耀南,號闇菴,昌黎人。嘉慶辛未進士,官雲南永平縣知縣。

迤　西　路

故鄉渺冀北,新任赴迤西。一條亂石路,萬里層雲梯。夷險身所值,寒暄候不齊。曉月數人逕,晨霜記馬蹄。重裘有時寒,涼蔭忽欲栖。趨下懍淵深,陟高覺天低。晝行犬亦吠,夜宿猿每啼。相逢無一識,問途還自迷。感慨念知己,熙穰皆蒼黎。蒼黎何所託,春日草萋萋。

石煦,字曉田,灤州人。嘉慶癸酉科拔貢,官荆州府松滋縣知縣。

送本郡伯長樂梁芷林先生，即題七子賦詩圖後

政績隆三楚，恩綸沛九天。豸冠新寵賜，虎觀夙精研。客歲清和月，樞臣爰發年。公由軍機處特承簡命。清才出華省，福地迓星軺。澤國風初布，江城德徧宣。保民先導水，公疏汋監積水，指授方略，並捐助千金。弭盜更巡廛。公整飭捕務，常深夜出巡，盜風頓息。判牘勤丹筆，荊郡獄訟繁積，公下車甫閱月，案牘一清。興賢助俸錢。壬午秋試，公捐廉爲士子贐。慈心真似佛，雅度總如仙。屬吏推誠待，寅僚雅意聯。公以誠待人，僚屬無不愛敬之者。樗材蒙謬賞，駑足轉加憐。頗許芻蕘獻，公虛懷下問，常若不足。相期柱石肩。春風容久坐，化雨本無偏。不薄風塵吏，如裁弟子員。煦蒙訓誨，不啻師徒。龍門方幸託，鴻羽已高騫。濱海資雄略，中朝識大賢。河隄須保障，州府望軺軒。燕寢留香篆，驪歌動綺筵。一琴隨處好，萬卷壓裝便。公行橐無多，惟載書至數十簏。眷愛情如見，賡酬句許傳。身應隨轍臥，心已共旌懸。榮戟看前導，骈礳結後緣。離懷逐江水，極目望淮壖。贈策徒煩爾，回舟共黯然。不才感知遇，建節佇公旋。

卷十一

王瑞徵,字甫田,號紫瀾,撫寧人。嘉慶甲戌進士,歷官貴州按察使。著有《滇黔吟草》。《止園詩話》:"王紫瀾廉訪有折獄才。官刑部時,訊斷明決,獄無留滯,人呼爲王一堂。蔣礪堂相國亟器重之。詩才清麗,不染浮囂。佳句如《桃源縣夜行》云'翠撼臨風樹,青肥飽露禾',《邯鄲道中》云'寒鴉争繞樹,倦馬屢窺鞭',《舟中早起》云'露横江面白,天壓樹頭青',《襄江》云'漢皋人遠空啼鳥,峴首碑殘有牧牛',《舟中不寐》云'臨波捲幔窺星近,背樹開窗受月明',《夜泊》云'野寺鐘聲來伏枕,鄰船燈影透行窩',《常德道中》云'芳草緑肥宵露重,遠山青暗夏雲封。船迎渡口人聲雜,燈過堤頭樹影重',《泛舟近華浦登大觀樓遠眺》云'流水聲中船載酒,晚禾香處客登樓',《渡烏江》云'兩岸危峰攢碧落,一江秋水捲黄沙',《修文縣道中》云'金黄半染桐油樹,粉白平鋪蕎麥花',《登黄鶴樓》云'帆檣半攬雲烟碎,江漢奔流天地忙',俱足嗣響唐人。"

武侯故里步蓉塘比部元韻

嵩高毓秀將星臨,諸葛勛名冠古今。六出已寒司馬膽,三分未了卧龍心。江山西蜀煩籌筆,風雨南陽憶撫琴。指點草廬何處是,漫將俎豆託清吟。

登黃鶴樓

滾滾長江一帶橫，武昌城對漢陽城。群山翠向層樓湧，萬户烟隨夕照平。豪傑勛名流水去，神仙蹤跡片雲輕。登臨不爲招黃鶴，遠樹閒花自有情。

滹沱河懷古

風捲濤聲萬馬過，金湯險要此滹沱。於今渡口烽烟静，當日沙場戰骨多。祭配黃河先玉帛，冰扶赤帝定干戈。漫將逐鹿誇前事，千載興亡總逝波。

陰振猷，字子翼，樂亭人。嘉慶丙子舉人，歷官復州學正、平山教諭。著有《庭訓筆記》《女士奇行傳》《亦愛吾廬詩文集》。《止園詩話》："陰子翼先生少孤，伯父景韓公嗣爲己子。氣體素清弱，而嗜書不輟。年十六七，喜讀哀豔之文，塾師雖數規之，若性成然。作詩文務爲奇博。以《周禮》有奇字一刻，因旁求諸經，集五經奇字若干，自加詳注，殆欲兼子雲、侯芭之學。爲諸生，受知於學使吳健菴、杜石樵兩公，試必優等。丙子捷於鄉，後入會闈，屢薦不售。筮仕初得復州學正。其地方行蓋州票，以空紙取物，農商俱困。乃作書數千言，向蓋令極陳其弊。蓋令深然之，出示嚴禁，積弊始革。訓誨生徒，文行兼重。著《女士奇行傳》，以表彰節義。砥礪廉潔,振拔單寒,復之多士咸愛戴之。在任六年,以丁內艱歸,服闋,又選平山訓導,甫抵任,遂卒於官。"

睡　　起

昏昏一枕睡,兀坐閉柴關。大夢何時覺,浮生鎮日閒。臨風晞綠髮,對鏡惜朱顏。薄暝望松際,烟雲正滿山。

春日客都中雜詠

小住隨緣是處同,偶來寄跡梵王宮。心閒地僻詩情瘦,風靜簾疏夢境空。未許成藍誇出隊,且將守黑抱虛衷。豔陽天氣春如許,多少遊蜂撲亂紅。

敢說從來與世疏,懷歸吾自愛吾廬。篋箱有藥三年艾,祖父傳家一卷書。春老金臺桑柘暗,夢回角枕夜窗虛。幽思無限著無處,杜宇聲聲倍警予。

李昌舒,字坦齋,號伯度,遷安人。嘉慶戊寅舉人,官甘肅合水、環縣知縣。著有《掛雲山房詩草》《西行草》《西行續草》。《止園詩話》:"李坦齋明府,春卿孝廉長子也,出嗣於伯父敬敷公。弱歲讀書即以文章與名輩相馳騁,風流儒雅,時譽歸之。嘉慶辛酉,拔萃於學,至戊寅始舉鄉試,時年四十餘矣。道光丙午大挑一等,以知縣分發。甘肅,瘠省也,而君需次權篆合水,尤瘠之瘠者也。地磽俗陋,君不鄙夷之,誠意感孚,如家人父子。租賦比不登,捐俸代民完欠。積串票至數千百,念存之後必有執以取償者,而畸零小户處多僻遠,又不能家至而手付也;既去任,乃火之。丁嗣父憂歸,服闋,以本生母春秋高,遂請終養。晨夕承歡,怡怡愉愉。暇則從事筆墨,格韻益高。居數年,養親事畢,補甘肅環縣。環之瘠猶合水也,而君若不知其瘠也者,惟汲汲焉務盡其職。間或發爲詩歌。每於民依民隱,三致意焉。嘗大旱,禱雨不應,免冠徒跣,稽首城隍祠,爲文以禱;且責神共爲守土,當救民。已而取鎖與神並繫。越日不雨,君大慼曰:'令與城隍罪深矣!'命取械,當共神荷校以禱。民環泣叩頭止之。是夜大雨霑足,歲則大熟。君之始至環,米斛三千,至是斛五百。君慮穀賤傷農,乃買穀填倉。明年夏霪雨,水大至。君跋涉泥塗,突冒風雨,爲塞決漏,修堤堰,民倚以安立。以五成報災,上官屢駁之,君堅執不移。而爲郡守所改報,君往力爭之,不得。素積勞瘁,意複抑鬱,遂感疾以殁。方是時,議清隱田,官吏承風旨,以多報升科爲功。君不肯,止報五項,曰:'無矣。'而合水已報五百頃。使者督君令再報,繼之以怒,君不應。民有感於繼妻,而迫其前子媳婦改適者。成訟。君召民訓飭勸導,手書一聯諭之曰:'莫聽花底鶯聲巧,應惜簾前燕影孤。'民大感愧,媳節以完。環人少文,有張生、李生稍可造,召之署中,飲食教誨之。其切於成人材、振文教,蓋猶春卿公遺規也。君書畫久爲世所珍。作詩最服膺於袁簡齋《答沈歸愚論詩》二書,故所造亦近乎此。"

荒 年 歎

我不能爲杜陵廣廈千萬間,大庇寒士皆歡顔。又不能爲紫陽社倉六百斛,徧哺飢民盡鼓腹。眼觀采蕨爲羮,淅糠作粥;餅餌土蒸桑葉乾,糗糧水煮榆皮熟。八口并日供一餐,又恐來朝缾罄無餘蓄。東家告急西家罄,十室九空貸誰應。遂使蒙袂徧道塗,具食黔敖亦云病。嗟予空抱杞人憂,惟學豚蹄祝有秋。那知秋來物價更騰貴,斗米珠償一斛費。

哀絃曲爲張烈婦詠 並序

烈婦南皮世家,適張爲春曇先生子婦,琴瑟甚篤。夫病瘵死,未幾,婦亦自經。壁上繪其夫小像,非粉非墨,宛然齊眉。有女甫襁褓。春曇爲立傳,徵詩,載《哀絃集》。

淒風吹折女貞樹,血淚啼殘向泉路。青春懶作未亡人,地下相逢鬼新故。幽明小別未經年,同穴不嗟來何暮。結褵幾載案相莊,乳燕雙雙空畫梁。腸斷趙家一塊肉,留將弱息伴姑嫜。傷心月夜孤幃悄,薄命朱顏不待老。身後誰摹並蒂花,他生自種合歡草。

書　懷

蒞官行政孰爲先,清慎勤銘座右編。無力充公惟節用,有情造福仗豐年。簿書莫昧心中地,冠蓋常臨頭上天。休道荒城山萬疊,從來卿月照無偏。

城郭傾頹廟不完,積年百廢舉修難。獄繁那得明惟允,俗敝應籌猛濟寬。囹圄未空心轉惕,閭閻多儆夢無安。方春二麥需膏雨,撫字何功愧素餐。

赴甘肅需次辭二親作

忠孝平生矢願真,愧無尺寸報君親。一官百里侯封小,也是蒼生託命身。

星餐水宿慎周防,執玉兢兢戒毀傷。只爲王陽親健在,敢矜叱馭過羊腸。

惱我桑榆暮景遲,板輿未許遂烏私。起居惟有魚鴻便,不隔雲山路萬歧。

衰老何堪百草嘗,回春近代少盧倉。谷神調養揮諸冗,便是延年却疾方。

卷十二

高繼珩,字寄泉,遷安人,寄籍寶坻。嘉慶戊寅舉人,由大名教諭軍功保薦知縣,借補廣東博茂場鹽大使。著有《培根堂詩鈔》。《止園詩話》:"高繼珩大使,約齋刺史子也。少孤。刺史歿,家無一椽,遂寄居外家寶坻王氏。少讀書聰敏,詩古文辭見轍通其窾竅。年甫踰冠,舉於鄉。自是寄食硯田、奔馳南北者幾三十年。晚歲由大名教諭軍功保舉知縣,賞戴藍翎,抵選廣東博茂場鹽課大使。涖任五年,告病歸,買宅於遷,得遂歸田之樂。方其在博茂也,鹽場故沿海,治居電白之水東,又爲海估聚會所,號稱繁富。時巨盜陳金剛率衆數萬寇高州,陷信宜,且利水東,欲取之。繼珩練勇,修軍械,晝夜設籌防禦,水東恃以無恐。同治二年二月,繼珩以積勞致疾,上書乞免,行有日矣。賊偵知官欲去,人有懈心,發游騎數百乘宵潛至。衆大亂,莫知所爲,悉趨海州①遁。繼珩至岸,登大舟,集市人告之曰:'無水東則無高州也,無高州則無雷瓊也。海道爲賊所扼,粵東大患將不可救。今有能擊賊者,賞銀千兩。'市人皆奮,曰:'願增二千兩。'海舟人故能戰,火器悉具。令甫下,衆噪而前。賊方炊熟,不敢食,皆走。凡失水東一日而復。賊焚大使署,火不然,則斫壞之。繼珩葺之而後去。瀕行,士民攀泣,獻扁聯者甚衆。余記其一聯云:'煮海著賢聲,小試鹽梅手段;籌邊昭偉略,早儲兵甲胸中。'蓋非溢美也。詩以發抒性情爲主,而格調自然合拍;不沿宋派,亦不詡詡唐音。尤工於結束,每篇末俱饒有餘致,絕不

---

① 州,疑爲"舟"之誤。

作一頹唐哀颯語,足徵老福。佳句五言如'功名吐腸鼠,身世寄居蟲''丹黃千古業,風雨十年心''三杯和膽露,一字已腸枯''飲水名心淡,看山俠氣平''桃花千尺水,楊柳萬條絲''蟬聲咽暮雨,鈴語答秋風''幽草可憐碧,晚花隨意紅''炎消窗外雨,潤浥嶺頭雲''早禾秋露重,密樹晚烟深''晚霞明夕照,秋雪淡蕎花''孤燈耿殘夢,疏雨滴高樓';七言如《雞聲》云'與爾談元多妙諦,送人出險有餘音',《機聲》云'惜陰莫挽抛梭影,入耳難忘斷杼情',《落花》云'紅雨紛紛應化淚,綠陰漠漠寂無言。命薄難逃三月劫,情癡怕聽五更風。住久黃鸝渾惜別,化來紫玉已如烟。人每相憐天反妒,樹猶如此我何堪',《草夢》云'隔年花信縈懷久,一寸冬心入抱孤',《談棋》云'成敗偏從終局易,輸贏決到事前難',《說劍》云'笑談祇練千秋膽,恩怨休縈五岳胸',《蝶衣》云'美人舞態憑雙袖,仙子輕軀稱五銖'。言中有物,俱非率爾操觚。子銘鼎,咸豐乙卯舉人,選滿城訓導,改用知縣。女順貞,字德華,亦能詩,著有《翠微詩鈔》。"

天津城內費家巷傳爲明季費宮人故里

君不見秦家白桿兵,桃花馬上曾請纓。殺賊直如殺雞狗,石砫屹立夫人城。又不見沈氏雲英傳,奪父虎穴身百戰。遊擊銜加娘子軍,大書志入蕭山縣。衰時義烈光閭里,憤結蛾盾不避死。宮中突出女荆軻,壯氣英風堪鼎峙。甲申三月天柱蹉,二百嬪御沈碧波。宮人掉頭獨不顧,匕首雪亮懸胸窩。豐干何事苦饒舌,貴主芳名假不得。竟將廟養配才人,痛哭蒼天甘縱賊。宮人皆裂心忡忡,權將老革當元凶。泰山鴻毛等死耳,封狼血映蜻蜻紅。吁嗟乎!衣冠巾幗當時有,巾幗如斯真不朽。綠珠井與明妃村,豔事徒然掛人口。我來故里訪遺跡,堂前燕子無人識。當日門楣何處尋,故老難逢空歎息。空歎息,留桑梓,海潮夜挾陰風起。漆身吞炭將毋同,一著殘棋報天子。竭來憑吊不勝情,古巷斜陽感廢興。莫道費家秋色冷,西風衰草十三陵。

松蘿篇爲楊烈女賦

峨峨百尺松,施之以女蘿。蘿萎松亦枯,四時不改柯。歲寒抱貞心,之死矢靡他。一解。貞烈女,楊氏姑;涉縣人,父三珠。女事繼母婉以愉。母愛之,鳳將雛,簡對乃得武陟吳。二解。吳家郎,潤如玉;臥東牀,稱坦腹。結縭方有期,郎疾乃日篤。扁盧束手命難續,蒼蒼者天何太酷。三解。女聞之,色欲死;誓以身,殉夫子。寬言婉諭不入耳,寂無一語鉛淚瀉如水。四解。家人知其志,晝夜嚴爲防。女乃眠食如尋常,言笑宴宴神暗傷。五解。防既疏,志不變;蹈間隙,人弗見。甘爲自經雉,恥作孤生鴈。萬鈞身,三尺練。六解。蘿萎不腐,松枯不僵。一死重泰山,足爭日月光。女父女母毋自苦,貞烈之風傳萬古。願鐫其名嵩高山,留與人間扶植綱常作砥柱。

送邊袖石歸任邱

有親可養莫言貧,且理歸裝整釣綸。除却書箱無長物,即論詩卷已傳人。風希文禮才華豔,日對元方意氣馴。料得笋輿花下奉,陔蘭潔饍一家春。

雙丸梭擲去堂堂,禁得蹉跎鬢染霜。經世才高期有用,驚人句好不須狂。家傳好啟邊韶笥,鬼語休探李賀囊。持贈故人心一片,勝將別淚灑離腸。

送鳧香師觀察荊州並辭同行之約

喜聞丹詔下明光,豸繡新銜出玉堂。詎止文章扶八代,竚看膏雨被三湘。天憐荊楚留耆宿,帝錫絲綸重晚香。贏得階前五株柏,婆娑猶認舊甘棠。

尺書招我赴荊門,知己難違況感恩。眼底鶴樓思更上,胸中雲夢欲平吞。生懸蓬矢誰無志,未別萱堂已斷魂。病婦飛蓬兒齔齒,寨帷誰與侍晨昏。

若非老母倚門閭,誓逐鈴轅載後車。情重願爲清獻鶴,緣慳難食武昌魚。赤心置腹勞推轂,白髮垂肩忍絕裾。莫報師恩呼負負,空將別淚灑瓊琚。

驪駒唱罷淚絲絲,梗觸前塵不自持。到底能償搜玉志,此生難忘吐茵時。旌旄指顧開三輔,堂陛分明重一夔。待到八驥重蒞日,再攜書劍拜蘭墀。

丁巳四月歸里掃墓感賦

墓門拜罷眼將枯,寸草難酬一世劬。菽水慚非三鼎奉,淚痕滴到九泉無。貧無可獻呼兄嫂,壯不如人愧丈夫。守拙但期綿世澤,依依臨去更踟躕。

德華賦詩送行，酬以四律

　　帆影飄搖落五羊，壯游夙願喜初償。山程絡繹休辭遠，世味酸鹹要飽嘗。官小幸無民社任，地偏差免賊氛荒。蒼蒼雅意憐幽草，為染餘霞絢夕陽。

　　策蹇重看萬疊山，又隨征鴈度雄關。也知晚景難為別，暫慰調飢一解顏。賸有壯心憐老驥，好安比翼學祥鸞。買山忍負三年約，營就菟裘待我還。

　　持門臼劇艱辛，懷抱新添小玉麟。好自將雛慎眠食，休因望遠損精神。縱籌家計宜殫力，善慰親心要保身。知汝柔腸輪共轉，平安錦字託文鱗。

　　萍泛如登大願船，逍遙且作地行仙。九千里外聊充隱，六十年來只信天。北海水通南海水，出山泉是在山泉。宦成早辦歸田計，還爾團圓骨肉緣。

　　李銘恩，字覃園，樂亭人。嘉慶己卯舉人，江西大庾縣知縣。《止園詩話》："李覃園少負雋才，放達不羈。好揮霍，千金立盡。嘉慶己卯登賢書，由功臣館謄錄授江西大庾縣知縣。蒞任六年，以獲盜敘功，加知州銜。旋引見入都。因事為言官所劾，奪職，謫戍伊犁。過韓侯嶺有詩云：'南粵存孤寄一身，蕭何保義漢寬仁。王陵不識陞官訣，未奏風聞匿叛臣。'其意蓋有所激憤云。"

浮山縣署留別杜紫垣詹明府

相逢舊雨況嘉賓，時守愚先生在座。無那樽前感慨頻。東去逝波成斷夢，西來別酒送勞人。千秋肝膽空思趙，萬里關山漸入秦。此會莫教容易散，重來知歷幾回春。

匆匆那忍驟征鞍，奈是離難住亦難。霪雨不饒花馥郁，壞雲偏妒月團圞。林中春老鶯聲澀，塞上風高鴈羽寒。遠路閒關何日到，勞君西向憶長安。

得失升沈總偶然，行行無事兩悁悁。人間自是多遷客，天上何曾少謫仙。鶴俸分餘情鄭重，驪歌唱闋話纏綿。歸來試檢囊中草，吟到中華天外天。

西安城中却寄杜紫垣

記向東風折柳枝，傷生潘岳鬢成絲。雲泥夢冷飛花笑，縞紵情深宿草知。投轄陳遵三日酒，入關定遠五年期。灞橋東望腸真斷，倍憶清樽慰別時。

魏亨逵，字矩園，一字伯鴻，昌黎人。嘉慶己卯舉人，官江寧府知府。記者云："吾縣魏矩園太守，愛軒制軍子也。咸豐癸丑守江寧，城破死之。"馬瑟臣云："李文熾自江浦請急歸，遇江寧被擄逃出者三人，祈方伯、陳觀察家丁也,言矩園已殉城而縊矣。先時傳吞金而歿。"其悼矩園有詩云:"白下風烟合陣雲,南鴻消息斷妖氛。九重恩大人應報,六袠年虛劫已聞。鶴唳時方驚莽伏,雊經事竟悼芝焚。家聲臣節原兼盡,獨爲親情一哭君。"伯鴻詩不多見,惟從《洪崖合草》中錄得數首,皆其少作也。佳句如《思秋》云"黃花紅葉前宵夢,衰草斜陽萬里心",《對秋》云"山色如妝迎面候,月光似水照人時。暗窺菊影憐他瘦,静坐楓林怕到遲",《賞秋》云"著雨殘花猶作意,經霜老樹亦開顏",《送秋》云"作饌可餐黃菊蕊,行裝仍贈緑楊枝",俱饒意趣。

秋　　影

一架藤蘿一局棋,徘徊庭外不須悲。風吹小院花摇處,月透疏窗竹亂時。彷彿池邊人獨立,依稀江上鴈來遲。欲尋蹤跡愁無計,對此閒雲發遠思。

秋　　情

欲解新愁借酒功,誰家吹笛玉樓中。捲簾静對如珪月,隔户驚聞弄竹風。樹若有心含露碧,蓮猶作意帶霞紅。胸襟洗向流溪畔,白水漁竿訪釣翁。

題張南泉畫牛

小橋流水最關情,上有烏犍緩緩行。猶憶柳陰聞叱犢,一犁春雨漲初平。

魏亨培,字竺鄉,昌黎人。道光辛巳舉人。馬瑟臣《楊魏戴傳》云:"魏君竺鄉者,余戚屬也。相見時,君生十有五年矣。余稔聞君奇才間出,超逸非衆伍。五歲解四聲,讀詩至《蜉蝣》,取筆書曰:'習習蜉蝣,胡可不游。朝生暮死,萬古同愁。'十三從官之洪崖,路所見,輒有詩成帙。既見君,風骨棱棱秀削,面黧黑,而目光射人十步外。妙論粲花,聽者忘倦;意度恢闊,機趣俊爽。洵奇士也。向後音問時達,蹤跡固疏。戊寅夏初,余偕竺鄉之兄伯鴻赴都秋試,遂與竺鄉同寓止。時時對月口聯數詩,或雜說古事,笑劇間作,意懽然也。己卯秋,復相見於京寓。是歲,伯鴻捷,竺鄉又落,氍氀侘際,益不自勝。及辛巳同赴秋闈,榜後聞魏君以十九名捷。間數日,而君之凶問傳矣。君本無疾,報捷之日,指揮諸務如平常,夜寢遂卒,年止二十五。"《止園詩話》:"唐人進士榜必以夜書,書必以淡墨。或曰:名第者,陰注陽受;以淡墨者,若鬼神之迹也。世傳大羅天放榜於蕊珠宮,故稱蕊榜。放榜後必有一人下世,謂之報羅使。昌黎魏竺鄉孝廉於道光元年領鄉薦,時方踰冠,人咸期其遠到;乃聞捷後即賦玉樓,其即所謂報羅之使與?竺鄉爲麗泉尚書冢嗣,才華卓犖,童時操筆即迥不猶人。沒後遺蹟散失,僅從《洪崖合草》及馬瑟臣《此中語》中錄得數首,亦可少見梗概。詠秋佳句,如《秋氣》云'噓成冷雨蟬先覺,吸到涼風扇已違',《秋意》

云'楊柳烟消汾水渡,琵琶聲訴鴈門關',《秋情》云'遠客怕看侵户月,故人驚問隔窗風。醉題寒水菱花紫,怨寫空山柿葉紅',《問秋》云'似我天心真澹泊,爲誰花事竟睽違',《悲秋》云'萬里關河遲旅鴈,一杯風月付閒鷗',《送秋》云'數鴈遠隨明月去,一樽虛共白雲移',俱非凡響。"

寓　　興

萬丈燕山拄半空,玉龍飛下玉泉通。天街雲净虚還碧,人海塵浮頓不紅。怕有羈禽驚夜月,漫隨落葉怨秋風。熱腸轉怯新寒甚,拚醉松醪一百觥。

傳聞寶氣總銷沈,幾見長材不出林。薛燭望中非有劍,伯牙彈後已無琴。文名虛負髫齡債,詩膽終輸壯士心。爲問空群燕市駿,可能瘦骨值千金。

何來遽集此青蠅,誤作屏間畫一層。皓月入雲難匿影,寒風吹雨又成冰。梨園曲豔停簫管,蘭座談清上蠟燈。未了世緣無着礙,任教斥鷃笑摶鵬。

賓刺趨風競掃廬,駿蹄鮮轂擁華裾。剪紅小巧吟唐句,浮白模糊讀漢書。夢境終醒莊化蝶,愚人笑智校烹魚。金錢若有通神意,應是飛飛點大虛。

黄河萬里大東流,百尺金堤鎮豫州。竹落幾經沉巨石,荻苗今已泛清秋。人間泉布風雲聚,天上魚龍日夜浮。砥柱孟津神禹蹟,工官宣力協宸猷。

程儒珍，字有之，號珠船，臨渝人。道光辛巳舉人，官吉林寧古塔學正。著有《吉林志稿》。史香厓先生云："珠船先生爲郭廉夫業師，廉夫嘗跋其詩云：'珠船師和王湘舟詠菊韻，所期許者甚高。而湘舟建功吉水，死節青原，真不負師友之意。然"晚節""孤芳"，遂成詩讖，殆亦有前定歟？'"

詠菊和王湘舟表弟韻

主人從不漫交遊，花隱何妨結侶儔。落落襟懷清與契，蕭蕭風味淡相投。全憑晚節非因傲，自著孤芳特爲秋。試向籥中參意趣，鉛華洗盡邁時流。

哭郭接翁世叔兼唁廉夫弟四首

驚聞一紙訃松花，不禁潸潸淚似麻。回首山公相聚處，教人惆悵阮咸家。

一從疏受賸孤蹤，多少南車指阿儂。報到老人星又隕，二千里外哭林宗。

未將一酹奉堂前，夕雨晨風倍黯然。聽得繐幃猶未撤，聊揮短句入哀絃。

庭前玉樹正敷榮，底事椿萱竟早零。寄語青雲須努力，數行官誥慰幽冥。

王煦,字湝厓,昌黎人。道光壬午進士,官河南延①津、孟縣知縣。著有《愛日堂集》。記者云:"吾縣王湝厓先生博學工詩,昌黎名宿也。乾隆甲寅領鄉薦,至道光壬午始成進士,困場屋者三十餘年。釋褐初,以縣令需次於豫,所至歷有循聲。去官之日,有鄉民送贐及米麪羊酒追奔數十里者。嘗作詩以紀其事,殆非夸語也。詩五律最勝,佳句如'雲消峰影瘦,風吼葉聲乾''沙虛淹馬足,野曠斷人煙''淖深時陷馬,裝濕急投村''落花三徑雨,吹笛半樓風''空翠千山合,寒松一雨青''涼颼欺客弱,夜氣壓山平''秋花臨水淡,樵徑入雲深''亂山橫暮靄,遼海上寒潮''夜涼蟲語澀,花靜露珠圓''山寒青似黛,地鹻白於霜''幽鳥時相喚,閒雲淡不收''宿鳥爭投樹,秋螢欲亂星''沾衣花露濕,經雨石苔腥''民皆佳子弟,官是舊書生',皆嗣響唐人。"

盧龍懷古

平州重鎮控燕幽,拔地峰巒郭外周。一帶春雲凝遠塞,千家烟樹覆層樓。采薇公子常辭國,射虎將軍竟不侯。吊古閒行經晚渡,漆灤嗚咽抱城流。

予卸事後鄉民送贐甚夥,力却之,皆泣不去,因口占三詩以示之

愧作三年父與師,官民幸得兩相知。閭閻說我勞心處,宛似居家教

---

① 延,原爲"涎",據《永平府志》改。

子時。

一錢也是里民脂，作贐群來只力辭。不敢再同劉寵選，窮簽尚愧有寒飢。

舊政諄申新令知，各安爾業莫驚疑。農桑孝弟遵予囑，好作良民答聖時。

楊培第，初名大成，字展卿，號漁莊，樂亭人，漢軍旗籍。道光壬午舉人，官盧龍、肥鄉等縣訓導。

風從西南來

風從西南來，吹我袷衣透。月出東北隅，照我菊影瘦。披衣采菊花，落英香滿袖。

溪　　上

草滿平蕪柳滿隄，何來新燕啄新泥。門前一帶桃花水，流盡春光是此溪。

晚　　眺

兩岸垂楊噪晚蜩，風停渚靜不生潮。兒童折柳圈蛛網，戲撲蜻蜓過小橋。

七夕戲作

人間佳會幾蹉跎,天上神仙會若何。最惜當年張博望,未曾此夕到天河。

李善滋,字良圃,樂亭人,南垣太守子。道光壬午舉人,咸豐元年舉孝廉方正。

作家書

魚箋裁就寫偏難,擱筆心先強自寬。深恐慈親勞憶念,盛言遊子極平安。九秋莫作單寒語,千里如同咫尺看。無限情懷書不盡,幾回遲滯在毫端。

自遣

流水光陰去不回,形衰尚未礙擎杯。眼昏權當看朝霧,耳病奚煩掩迅雷。婚嫁已償兒女債,賢愚無誤子孫財。賜書宛在家藏久,弓冶箕裘盼後來。

傅德謙，字柄一，號問樵，臨渝人。道光壬午舉人，官陝西府谷縣知縣。著有《四碧山房詩稿》。

送百户郭君赴臺差

郭君名承恩，盧龍人，山海關城守營把總。道光三十年五月，番舶到海口，上岸窺探山海虛實，居心叵測。合城文武官員俱張皇無措，獨郭君親赴海口。未至海，而番舶數人已至小灣莊，意在入城恐嚇，被郭君攔阻而回，甚至交手較力。其人見郭君勇猛，毫無畏懼之心，反加敬畏，當日開船遠颺。此後遂不復來，實因郭君之力。營中有此良弁，不留城守，驟然以換防爲名令其遠戍，實深慨嘆。故遠送於野，并作小詩以識不平云。

昨朝消海患，今忽戍遐方。賞識風塵外，悲歌朔漠鄉。衣縫慈母綫，郭君老母在關。戈戢僕夫裝。隨帶兵丁二名。目送英豪去，晨風陣陣涼。

唐漢嚴邊戍，而今重換防。塞垣崇武備，洋寇甚胡羌。績著偏遭貶，名高竟受傷。由來才犯忌，慨嘆記詩囊。

卷十三

馬恂,字瑟臣,號半士,遷安人。道光壬午、壬辰兩中副車,官柏鄉縣教諭。著有《此中語集》。香厓前輩云:"馬瑟臣學博,葵園明府長子也。天才卓犖,博極群書,蚤歲為詩古文詞即欲與古人爭席。所著《此中語》,自嘉慶戊辰起至同治甲子止,共五十六年,年各一卷。或詩,或詞,或古文,或四六,或燈謎楹聯,或仙乩禪偈,有觸即作,有作即存。詞源如倒峽懸河,滔滔不竭;莊諧間列,駢散雜陳,不屑屑於古人著書體例。要其寶氣精光,自有不可沒滅者。平生潦倒名場,未得一遇;晚年得首宿一席,非其志也。"

夷齊廟屈蟠松歌

偃蹇松身傍地走,臥雨拏雲歲年久。孤標自欲干青霄,逢著夷齊一低首。夷齊特立超群倫,聖之清者惟天真。地坼天回存本性,不朽豈數青松身。春風一夜穿林杪,老樹柔花爭嫋嫋。吹噓乍荷東皇恩,萬綠千紅喜回繞。此松此際如不知,支離自老虯龍姿。叩馬夷齊忍槁餓,大義不為周仁移。或謂高賢甘澗壑,抑鬱如松屈林薄。豈知夷齊非隱淪,懦立頑廉倫紀託。德祠廟貌瞻夷齊,摩挲古幹蟠階低。涼陰下覆薇蕨老,驚濤橫捲歌聲淒。蒼雲匝地圍山月,蜿蜒曲折出龍骨。眠柯化石回清秋,坐來疑踏冰雪窟。清風謖謖懷古賢,宸題炳耀輝山川。老松蟠屈倚階陛,待學夷齊千萬年。

書　感

婚宦因緣殊未了,五嶽遲遊向平老。幾人壯志起風雲,轉眼頭童項復槁。百年石火已匆匆,又向忙中失吾寶。功名兒女債重重,冷眼仙人一笑倒。人間清福勝殊榮,但願山林小溫飽。勞生碌碌走紅塵,問天翻被天公惱。撐拄乾坤非爾能,自營身世何嫌擾。果然寂寂盡無爲,不必生人止生草。

癸丑九月二十八日,天津謝大令_{子澄,字雲舫},率鄉勇擊南賊於黃家墳,大敗之,天津遂安。賊竄據楊柳青。十月初五,勝將軍至,授謝大令官軍二千,同擊賊。復敗之;圍諸靜海,收復楊柳青鎮

霜風迅掃渤海清,琅琅草木搖天聲。天聲振厲天威暢,狼星匿影威弧明。保障畿東尊縣令,陷堅摧銳提民兵。已聞殘寇困靜海,指日郊甸皆安平。憶昨九月哉生魄,武安間道賊縱橫。蹂躪臨洺徑北竄,三百餘里無堅城。勝將軍出土門口,金戈鐵馬馳兼程。藁城驅獸已入穽,惜哉定見無韓宏①。旁走忽驚兕出柙,晉州驟覆深州傾。深州防陸未防水,突出詭道群妖行。是時將軍向無棣,景滄扼要方連營。賊智鬼蜮乍返走,鴟張勢逕津門驚。津門富盛舟車輳,北辰拱衛依神京。鹽官禺莢重欽使,總戎觀察羅

---

① 宏,爲避諱字。據《舊唐書》《新唐書》記載,韓弘爲唐朝將領。

旗旌。築室道謀事匪易,萬人待命心怦怦。縣令謝公官七品,奮起簡練呼編氓。民之戴公如父母,輸貲輸力廷爲盈。拔才先釋越石父,使人不讓淮陰精。剗除間諜弭内患,更擒僞使窮賊情。先擒奸細三十餘名,女賊一人。賊僞爲差官,詐取火藥。總鎮欲與之,謝公訊詰奸狀,窮其情,立斬之。奸細謀縱火,亦擒之。黃家墳頭妖伏匿,鵾鵬夜半軍牙驚。賊至天津,炊食黃家墳。有乞人見之,走報謝公擊賊。謝公獨出土團集,身先士卒鋒敢攖。一戰再戰賊摧折,慮周未肯歸閒閎。一軍駐野壺漿餉,大餅爭擗肥牛烹。戰勝。謝公慮回軍賊必擾關廂,遂駐營於野。民爭以餅粥烹牛送供軍食。指揮行陣壯貔虎,有嘉折首功先成。驍賊飛鬭有鬍首,百戰不懼火礮鎗。公遣獵舟發連銃,一擊墜地梟驚輕。賊渠號禿子三王,踴躍,礮不能傷。謝公募獵梟舟人,以排槍擊斃。禿自言經一百七十戰。大頭羊自粵西起,奔突直進如狂酲。公麾健軍擒之到,繫頸不異牽犠牲。賊渠大頭羊爲劉繼德冒火礮生擒,並奪其大司馬大旗。縣令戰勝將軍至,合軍急擊消檛槍。四張天網靖餘孽,蔓草豈復留枝莖。勝將軍至,謝公從之,擊賊於楊柳青。賊竄入靜海城,遂圍之。謝公言乘勝急擊,賊可悉殄,而勝將軍不從。休軍數日,賊遂得於靜海作冰城泥壘,猝不易攻。賊自江皖走豫晉,狂勢黑海翻鯨鯢。高牙大纛幾偃仆,縣令獨立功崢嶸。使得如公十餘輩,早奠皇路歌由庚。上功幕府奏天子,九重申命頒殊榮。冠飄孔翠階第四,聞公賞戴花翎,加四品銜。勳爵徧及酬民誠。賞鄉勇四百六十人頂戴有差。遠謀恢洪見崇讓,謝公辭賞,請俟蕆事。賞劉繼德六品頂戴,劉亦辭,謂已邀免罪恩。豐功肇建聞從征。太常紀績銘鐘鼎,自任固應師阿衡。灤平鄰壤亦歡頌,荷公陳力遏亂萌。淮雲慈聞浙水被,黃河潤真九里并。我昔播鐸向古趙,獲從公遊聯詩盟。大雅扶輪士宗仰,長材小試民歌賡。已頌循良明鏡朗,今聞功烈青天擎。風流丞相仰安世,蒼生倚重垂高名。後先輝映定齊躅,豈如介甫徒墩爭。車騎才徵使履展,八千淝水摧敵勍。今之戰多亦卓越,烏衣舊望瞻豪英。謝公蜀賢字雲舫,大功竟出一儒生。

十一月二十七，謝公雲舫擊賊於靜海。已戰勝矣，副都統佟鑑急進，拆賊浮橋。賊從西門突出馬隊，佟都統被圍。謝公聞報，馳往援之。方決圍出，而副都統達洪阿遽以後軍退。謝公軍孤力戰，身被七創，墜馬。民兵負之潰圍出。賊追急，謝公語民兵："我必無生理，汝輩前殺賊，可置我勿顧。"民兵負走不釋，公奮身墜河，遂歿。既殞，柩將入城，賊出劫之，爲民兵擊殺千餘。事上聞，奉旨贈布政使銜，世襲騎都尉職。天津及故里皆立專祠。柩既厝，哭奠者日以千百計。民兵痛哭，欲散去。欽差天津鹽院文謙，謝公知己也，撫循民兵，告以謝公雖歿，上有老母，下有公子，當爲公復仇。民兵悉感奮，皆白巾白帶從鹽院，奉公子於軍中。十二月初七日，不俟官軍，冒死突入靜海城，殺賊萬餘。零賊竄歸獨流鎮。遂克復靜海縣，成謝公志也。謝公爲不死矣_{六品銜民兵領隊回人劉繼德，謝公歿遂去，已而招回衆數百至，自言此命當爲恩主捐之；竭力死戰，克復靜海}

糾桓奮躍摧冰城，_{賊於靜海城外壅泥加木爲重城，以布絮漬水護之，凝結爲冰，甚固，大礮不能損。獨流亦然。}飛火震作霹靂聲。一片刀光壓人影，妖賊血雨飛縱橫。雪仇敵愾氣無敵，壁上觀者神皆驚。唾手功成靜海靜，云是謝公舊領之民兵。噫嘻乎！賊勢鴟張異蜂蠆，謝公力定渤海界。驅市人戰等淮陰,先二子鳴超邢蒯。幕中坐答勝將軍,民軍可勝不可敗。非獨勇戰彰將才,更於持重徵碩畫。受軍旅寄方馳驅,失貴臣意生蒂芥。一朝馬革裹屍還,龍性難馴驚翩殺。勝將軍令謝公以民兵攻靜海,公不可,忤將軍意,遂生齟齬,以致謝公陣歿。鑾使同志率遺孤,萬人誓死蒐兵械。戰勝渾如公未亡,十萬貔貅望旗拜。望拜還思昨戰場,冷雲寒水氣蒼茫。飛騰競發三投矢,叱咤猶揮半段槍。前鋒銳進同都統,斷橋猛氣亦鷹揚。止意決圍爭白馬,何期入谷困黃塵。是時謝公督別隊,土團奮擊勢莫當。前軍忽聽鼓聲死,別隊空生寶劍光。同澤同袍深義氣,揮軍赴救殄豺狼。陳安陷陣前真勇,王佐收軍退獨忙。軍無後繼成孤注,將入重圍裹七創。負走雖教勞壯士,躍水偏驚作國殤。不見鄧羌爲司隸,竟悲韋粲歿青塘。急驛羽書驚上達,行人墜淚徧東方。九重珍惜垂殊眷,保衛前功在畿甸。都尉恩重死事孤,方伯爵加濟時彦。津門蜀道兩專祠,英風襃鄂開生面。功過分明聖鑑周,退軍者亦加嚴譴。豈止駕馭必英雄,更已感激動愚賤。遺兵痛哭淚盈河,同憶謝公勤訓練。報國酬恩未了心,願代公償甘血戰。嗟哉謝公一文臣,起家乙榜歲壬辰。玉樹身容看秀發,紫芝眉宇顯精神。此日威稜妖可斬,從前惠愛雉能馴。到處戴公如父母,及時樹績冠魁倫。健兒帳下同生死,公歿如存衆志真。縞素軍容明雪練,風雷士氣振天津。遂教繫馬埋輪地,竟見澆螢捧海新。獨流片土棲殘賊,定知剋日靖烟塵。試繙汗簡論前哲,殞逝誰能壯志伸。文武兼資驚世眼,古今獨絕屬公身。短景何爲四十六,應爲國家惜此人。惜公重爲蒼生痛,子皮在鄭原稱棟。定變雖開祝阿城,殲渠未到鬃源洞。往事徒傷周孝侯,長材未展齊管仲。傷心堂上冷慈烏,泣血庭中剩雛鳳。從知忠孝兩難全,敢說功名虛一鬨。天家錫已備哀榮,造化機誰問搏控。爲公頌更爲公悲,山陽隣笛聽三弄。論文把酒憶邯鄲,那知公今已醒黃粱夢。公在邯鄲攝篆,欲蒐集黃粱夢祠中詩刻之,屬予爲序。

擬月泉吟社春日田園雜興

喚犢歸來日未斜,時逢耕笠插山花。聽餘枝上提壺鳥,打起畦東種麥鴉。饁婦偶燒饞守筍,野人誰識故侯瓜。春風扶杖占晴雨,新綠連塍送到家。

七夕得退叔書,論鄉關之思,深得予心,因書其意

幾將冠劍話丁年,走慣紅塵思屢遷。閱歷已多方信拙,飛騰無分故宜旋。田家婦子真情性,壯士風雲妄縛纏。或問丹梯三萬里,可能鵲路借來填?

吊太子太師蒲城相國
相國治河歸即病,請假,復蒙召見,越二日薨

翼贊綸扉望保衡,宣勞中外燭群情。峰高蓮嶽空依傍,水納星源化濁清。巨手不容籌海晏,名心盡忘奏河平。天光慘淡騎箕尾,和議東南昨報成。

得 家 書

一紙真堪抵萬金,老親健飯慰遙心。扶持堂上身難到,想像高年感不

禁。强把空書談侍養,轉憐薄宦誤光陰。倚閭定切他鄉念,預數瓜期俸已深。

夜臥聞鴈

飛鴻底事往來忙,夜送秋聲到枕旁。蘆影橫天關杳杳,蓬根轉地磧茫茫。清音自叫三更月,寒信遥傳萬里霜。靜聽徘徊生遠想,回峰九面問衡陽。

哀趙觀察

觀察諱景賢,浙江湖州府人,故刑部侍郎炳言之子。舉孝廉,授教職不就。爲中書,未及供職,值髮賊窺浙,散家財,募精銳,保障鄉里。賊陷五縣,率所部悉克復之,更解廣德州圍。諸大帥深相倚仗,授令專制湖州。屢摧賊鋒,賊甚畏之。積功受職,旨授福建觀察。時賊勢猖獗,甯波、嘉興、紹興、蘇、長皆淪陷,四面皆賊,旁無應援。觀察孤軍處其中,然賊深畏觀察兵威,乃合大隊列長圍以困之。觀察選精兵一千五百出衝其圍,且將因糧於賊,而衆寡不敵,圍不能破。賊糧皆遠移,亦無所得。杭城久爲賊圍,觀察自將精兵五百往援。行至中途,聞洞庭東山賊乘隙犯湖州,遂急馳歸。是時,觀察新命既至,有旨以福建軍務緊急,命其即赴新任。觀察念湖州十一萬人皆此一軍是賴,已去軍必散、城不守矣。且賊圍正急,不肯避難就易,遂仍勵衆堅守。觀察有驍將二人,見勢急萌異志,立斬之。先是,觀察以糧儲爲亟，置舟師於大淞口立營，通運道。同治元年正月，大風雪，河海皆凍，舟不能動。賊踏冰來攻，營遂破，而湖城糧運絶矣。糧盡城陷，觀察挺身見賊帥李某曰："湖城十萬衆，事皆由我一人。我久置一棺於局中，所以不自死者，欲汝速殺我，勿害百姓耳。"言畢即引刀劈面，血流滿襟。賊奪其刀，曰："餘事且勿論，然而必不殺汝。"已而以威刑逼迫令降。觀察怒罵。李賊復以好語誘惑，自詭爲觀察知己。觀察亦不屈。乃命徐賊押解往蘇州。觀察計虛死無益，乃不死。至蘇，賊厚待之。觀察以其間陳説忠義，感動者甚衆。會李賊往常鎮，以譚賊守蘇。李賊遺觀察書，言公既久羈不屈，將縱使歸朝，且言速爲裁決。公答書稱李爲左右，侃侃不撓，末言："今日之事，歸我者之爲知己，不如殺我者之尤爲知己也；國法失城者斬，與其死於法，何如死於忠！"而李賊終不殺之。同治二年五月，賊兵敗於太倉州，歸，有戴賊告譚賊以趙某久羈蘇城，多結黨羽，官兵一至，密謀獻城。譚賊乃招觀察飲，語之曰："聞汝謀獻蘇州，然否？"觀察曰："蘇州本朝廷地，何名爲獻？"譚賊怒曰："今是汝死日也！"觀察笑曰："當死久矣，何論今日！"遂謾罵。譚賊以洋槍擊觀察，洞胸死。初，觀察眷屬寄湖南。觀察長子年甫十一，聞湖州陷，即知其父必死，慟哭竟日，不食，飲藥自殺。忠孝出於一門。李中丞鴻章以觀察殉難詳悉奏聞，並陳其致族叔一書、答李賊一書、自賦絶命五律四首，皆沈厚雄毅，而無一語矯激近名。是其天性忠純，才猷卓越，非常之士也。李中丞既入奏，得旨贈卹，並以事蹟宣付史館。其後，李中丞之弟鶴章將兵取蘇州，譚賊方登城防禦，其將古姓者出其不意，拔刀斬之，即以蘇城反正，古姓授游擊。未嘗非觀察一年中勸諭感動之效也。

公子翩翩獨請纓，毁家紓難勵精兵。外援路絶憑孤壘，轉戰功成復五城。不借新恩輕棄地，頓教詭計遠連營。無端冰雪糧儲竭，空負宣威上將名。觀察兵威震時,賊甚畏避。使非凍阻水營,糧不至絶,亦未必覆歿。

一年羈困閶闓城,國事深籌豈殉名。矢口捐生留赤犢,挺身見賊爲蒼生。兒童深信忠能死,豪傑空悲計不成。迅轉天戈隨反正,押衙應是舊同盟。

即境口占

好是人間夏日長,午風掠水度銀塘。蟬聲不斷樹垂碧,笑指遥天雲去忙。

暮行城隅

蒼茫暮色來無際,雜樹籠烟一抹青。指點樓臺橫半角,斜光微逗隔林星。

東昏潘妃玉兒殉節,不減梁媛,而人不稱之,偶賦

步踏金蓮寵眷殊,宮中步令進荆株。終然不逐田安去,潘玉真堪比緑珠。

天子無愁眤小憐,半途羣狄尚情牽。如何宛轉周王府,膝上空聞泣斷絃。馮小憐之於高緯,愧玉兒多矣。

卷十四

吴占鼇,字滄厓,撫寧人。諸生。著有《滄厓詩草》。

吊黃將軍墓

案:將軍不知何許人。相傳明崇禎末與流寇戰,勝,有保城之功。解甲得病死,土人哀之,瘞於縣治西關外。至今塚猶巋然。將軍字惟正,有石坊可考。

榆柳森森古渡東,一抔黃土蓋英雄。衝鋒曾作孤城障,陷陣猶傳百戰功。壟草到今憑牧馬,家山何處付歸鴻。可憐歲歲清明節,杯酒無人奠晚風。

寄讀水峪寺

雨晴風冷翠斑斑,乞得閒身圖畫間。採藥僧歸紅葉路,釣魚人立碧溪灣。香臺已許淵明共,方丈寧無謝客攀。我亦慣遊狂學士,夕陽且莫閉禪關。

倪炆①,字簡莘,樂亭人。歲貢生。舉鄉飲大賓。《止園詩話》:"倪簡莘先生禀其考損齋先生之學,穿穴六經,於《周易》尤邃。津門梅樹君學博序其詩曰:'不拘拘於聲律格調;而潛躬味道,篤志研經;胸有所得,走筆書之,皆爲名論。'人皆謂其知言。"

王耀東先生雞豚居

雞豚可養老,古聖重其義。名居以雞豚,自謂無遠志。先生飽德人,曠懷實高寄。心有天地春,人世無求忮。一編孔孟書,宵旦日尋肄。時有素心人,開懷坐衡泌。梨棗召童孫,來來花下戲。甕頭新釀開,盤飧亦能備。我嘗造其廬,春風令人醉。菘韭間雞豚,殷勤命飲食。始知崇德人,只是心無貳。奈何養生主,沾沾談解牼。

潘文本,字立堂,號石湖,遷安人。諸生。著有《石湖詩草》。《止園詩話》:"潘立堂茂才,先世昌黎人。父名宿,學者所稱蓮塘先生者也。立堂幼穎悟,讀書強記不忘。先是,其鄉談聲韻者絶少。君束髮爲詩,出語即驚其座人。嘉慶丙寅,南皮張春巖先生司鐸遷邑,先生以詩名海内,目中少所許可。抵任後,君以詩請業,先生獨奇賞之,報書云:'晚歲寒氊,不意得一詩友。'以家藏古墨代縞紵焉。今所輯《石湖詩存》,半寄春巖作也。卒年五十。其《題張春巖師詩後》有云:'仰公不世才,慨公不得志。少爲貴公子,壯爲風簷吏。无妄掛彈章,徒灑窮途淚。游蹤徧大千,都亭呵醉尉。頻頻鷽斯飛,鸞鳳終垂翅。天地既生材,何苦使鑿枘。我本鈍根人,

---

① 炆,原作"文",據《永平詩存》改。

頗識蒼蒼意。助之以江山，玉之以顛躓。詩窮而後工，於茲隆簡畀。不見浣花翁，青蓮同結契。詩能契鬼神，均未掇一第。富貴竟何常，江漢滔滔逝。'未免以他人酒杯澆自己磊塊。《重九日遊水窪寺題壁》云：'絕塞登高騷客少，故人回首亂峰多。'二語尤多感慨。"

射虎石懷古

壯不能封萬户侯，七十餘戰空戈矛。老不能對刀筆吏，百姓聞之盡垂涕。英風浩氣安在哉，北平片石猶崔嵬。石崔嵬，儼白額，摩挲當年射虎迹。當年射虎真通神，胡為再射空逡巡？當年射虎乃餘事，胡不生逢漢高帝？高帝逐鹿走中原，從龍起者如雲屯。虎狼之秦早授首，區區虎石安足論！猗嗟將軍休扼腕，烹狗藏弓亦堪歎。當時武皇非寡恩，年老數奇知公深。侯封不博等閒事，咄咄陵也傷公心。

題南皮烈婦張伯玉傳後

股雖刲，今已矣。君不生，妾當死。死違父母與孤兒，心事小姑當知之。風蕭蕭，淒夜漏。燈昏昏，碧如豆。畫憑神助血淚揮，非筆非墨非烟煤。噫嘻乎！壁有圻，迹有滅。此心直貫金石堅，常向青天共明月。繪其夫望月圖於壁，遂自經。

聞郁向離先生欲出關，慨而賦此

壯士愁聞出塞歌，況君才老尚蹉跎。賓延蓮幕懷王儉，玉抱荊山感卞和。大漠文章從古賤，中途豺虎至今多。不堪遊子他鄉淚，目斷雙親鬢已皤。

讀張后山悼亡詩賦贈

遺掛空餘金縷裙，蕙蓮形影歎芝焚。青樽明月蕭郎淚，黃葉秋風謝女墳。悼亡詩有"謝女不歸明月夜，自澆杯酒付詩歌"之句。
諫議有情呼妙子，巫娥無夢返朝雲。那堪賦罷新婚別，又讀安仁哀逝文。
擬採寒花薦細君，漁洋句。後山亦以九日悼亡。可憐君亦箇中人。準情難作莊生達，瘁貌休傷奉倩神。上界瓊英寧久謫，好花風雨不禁春。縱饒萬斛鮫人淚，且製哀思慰老親。

李蔭滋，字召棠，樂亭人。諸生。記者云："李召棠茂才，南浦太守子。年十八以郡試第一入縣學第一名。初試應京兆即膺薦，未售歸家，未幾卒。南浦哭子詩有'皇天奪我讀書兒'之句。時年甫踰冠。"

勉卷山弟

苦盡甘來本至情,不能受苦不能成。雖云後輩皆朋友,須識先生即父兄。益爾性天惟學問,出人頭地是功名。光陰難再當知勉,莫負他年萬里程。

甯元灝,字綺瀾,樂亭人。廩貢生。記者云:"甯綺瀾先生性直諒,與人一言不合輒義形於色。然遇善讀書人,雖鄉里後進必禮下之。晚年得噎疾,數日不食。人問之,猶談笑自若,曰:'吾年過七十而遘是疾,愈,幸也;不愈,命也。何介意爲?'蓋其達觀又如此。"

六月念四日重遊史親家東園

此日蓮初度,重遊庾信園。到門無俗客,面水有層軒。絃管歌聲沸,籩簋雅意敦。相邀拚一醉,歸路月黃昏。

中秋前示次男

爾年方十歲,已過九中秋。既欲稱儒者,真能識字不?功夫宜上達,造就仰層樓。莫負先生望,潛心切戒浮。

高俊,字鏡堂,昌黎人。

和靜心上人酬馬星園原韻

水抱山環古洞邊,如燈佛法照神椽。偶因放鶴停金卷,遂遣飛雲送彩箋。寶刹清光參皓月,石牀風景指長天。即時心定澄千慮,我亦依然老睡禪。

魏亨進,字覲山,昌黎人。監生,二品廕生。

病　起

連朝未到讀書堂,病起爭禁雨氣涼。多謝東風爲料理,亂吹花蕊作蜂糧。

山中新笋

凌雲氣概本天成,喜得泥塗辱漸清。一自凍雷平地起,居然頭角露崢嶸。

魏亨基，字兆丕，昌黎人。監生。

和靜心上人酬馬星園原韻

未得尋遊古刹邊，蕭齋咫尺梵宮椽。心香常繞蓮花座，牙慧羞賡貝葉箋。皓月千潭人在鏡，白雲一塢佛通天。遙聞黃菊祇林盛，分我餘馨當誦禪。

魏亨璽，字爾玉，昌黎人。監生，候選鹽大使。

和靜心上人酬馬星園原韻

靈源乞向洞雲邊，占得僧房八九椽。書有多多未曾讀，詩真草草不成箋。欲尋鯤化思觀海，待敎鵬飛恐礙天。從此童心應洗淨，好將逃學警逃禪。

卷十五

畢梅,字雪莊,灤州人。恩貢生。著有《論語説》《夢餘詩草》。史香厓云:"畢雪莊先生晚號睡隱,性聰敏,工詩歌,涉獵羣書,所學甚博。信釋氏轉生説,人傳其未飲迷漿,然實不記前生矣。豪於酒,醉後輒幕天席地,作劉伯倫荷鍤想。坐是,晚年得手足偏枯病。嘗爲自祭文,其略云:'嗚呼雪莊,而今已矣!白雲青山,乃以酒死。一墜輪迴,刹那彈指。悵望千秋,幾人知己。生平懺悔,惟情爲累。從今了却,拖泥帶水。贊云:可以詩人,可以酒徒;可以僻士,可以狂夫。而非造物之所喜者,不爲方領矩步、尋行數墨之儒。'觀此,則曠達之懷,牢騷之態,俱可想見。所作詩多隨手散去,故所録止此。余猶記其《詠水烟筒》云'無人劇處能浮白,多客紛拈似濫竽',《食烟筒》云'穿破紙窗鈎月影,點成曲拍傍鞾尖',《鼻烟壺》云'但可微吟學洛下,莫將多嚏笑莊姜',《酒篩》云'妙悟尚知燈是火,相煎不比豆燃萁'。語雖近諧,然俱有味外味。若其《詠鴉片烟》云'將軍紫塞宵過飲,太守黃綢曉放衙',則所感深矣。"

感　　舊

不客平山已十秋,於今故紙尚埋頭。少年衣馬慚同學,舊日旗亭慨勝遊。有句能如李供奉,無書更上韓荆州。中宵孰共咬雙蔗,醉看青天月半鉤。

別山道中遇端陽

佳節重逢半異鄉,又從旅店過端陽。憶曾都下初三日,醉臥城南尺五莊。潦倒偏多知己客,縱橫空負少年場。青山見我應相笑,尚踏槐花一路忙。

題研山橋畫幅

依稀尺幅是誰摩,北去平城記昔過。欸乃一枝漁放棹,丁東數里客驅騾。雞聲野店催清曉,塔影危峰倚夕波。彈指石橋橋畔路,至今三十六年多。

史香厓以詩壽余,即韻酬之

屈指韶華逝水流,蹉跎空憶少年遊。匡牀未了三生債,杯酒堪消百斛愁。世事幻如春夢斷,功名薄似宿雲收。學書學劍俱無用,況覓神仙到十洲。

偏涼汀即事

一雨浮來面面青,遇遭山色本如屏。灘頭有客揚帆過,看我孤樽坐小亭。

寫竹爲石,琢葦即以留別

一別何由見雪莊,寄將尺幅墨蒼筤。樽前相憶須頻看,書款枝間字幾行。

王一翰,字宗齋,灤州人。監生,著有《歸囊草》。《止園詩話》:"王宗齋舅氏天姿穎異,讀書有奇悟。獨不喜治經生業,既亦不試有司。素患口吃,及酒酣耳熱,議論風生,則無能挫其鋒者。少時隨從父宦遊江南,作《徽遊日記》一書,記所歷山川人物、風土事蹟,隨敘隨議,足與范石湖《吳船錄》、鄺湛若《赤雅》等書並傳。詩不多作,所存《歸囊草》一册,乃從日記中摘錄而出,皆其少作也。佳句如'一縷晚烟垂岸綠,半天斜日射波紅''日得嘉魚因困酒,時來俗客未妨詩''日氣初蒸深綠水,湖容遠映淺藍天''三五夜中逢地主,二千里外遇鄉人''徘徊江上人千里,遲滯天涯月四圓''一天星斗霜華重,滿地江湖月色涼''嫩綠漸匀芳草徑,新紅初上海棠梢''寂寂落花鶯不囀,閑閑庭院蝶來遊''人來南國沾花雨,馬繫長堤趁柳風''明月二分堪供客,珠簾十里半彈筝',風味與樊川爲近。"

行將赴淮就道之前一夕，畢雪莊館於外郵筒寄詩，則別句也，深荷其意，因裁數句答之

有客出門急治裝，蕭條九月天氣涼。欲將尺素裁別句，不期錦綮接瑤章。手把新詩玩良久，篇中恍見古良友。轉訝此舉何得知，想亦神通或是否。幾年浪跡寄扁舟，歸來却好正新秋。準擬聚首成佳會，無那車輪不我留。班馬蕭蕭那容住，秋風疏柳長亭路。君當應詔赴金門，我自奔波營俗務。

射 虎 石

漢代將軍北平守，野戍風塵靜刁斗。彎弓擒得射雕兒，寇不窺邊皆北走。一朝圍獵向陽山，大驅猛獸殲群醜。射石沒鏃事尤神，虎石至今猶俯首。古碣摩挲傳已久，將軍不侯數不偶。漢家片土竟何有，將軍此石傳不朽。

滕 文 公 祠

齊楚今何在，滕君尚有祠。殘碑傳自古，遺像見當時。爲國心何切，尊賢禮獨知。千秋言性善，不愧帝王師。祠額云"王者師"。

舟中獨坐

風静晚天秋水平，漕艘搖曳趁新晴。茶闌燈炧夜將半，離恨鄉愁詩未成。柳簇灣頭初轉月，船行水面暫移星。此時之子空相憶，深味唐人寄遠情。

李昌裔，字啓臣，遷安人。諸生。著有《無聞集》。《止園詩話》："李啓臣明經生而倜儻不群，爲文有奇氣。師友咸以遠大期之，啓臣亦有不可一世之概。三試秋闈，已中式，因一字之譌被黜，遂絕意進取，人多惜之。家藏書甚富，暇則徧讀之，或寄情吟詠，每有議論，必具隻眼。先是，遭父喪，以哀毀致疾，因習岐黃之學。然不輕爲人醫，醫必詳審再三。尤精於痘疹，凡所治，無面麻者。晚精堪輿，自號抱一山人，著《地理徵實》一書，自述所得，語精切易曉。所作詩古文詞，多不存稿，兹所存皆晚年作。自題曰《無聞集》，蓋自謙也。"

雙忠祠

六矢被面雷萬春，一指反命南霽雲。睢陽城中真有人，誰其尸者遠與巡。男兒有死死忠烈，此義難爲僕婢說。以身作饍甘如飴，小人女子兩相絕，君不見遠之奴、巡之妾！

方　正　學

　　正學一生誰知己，知己乃是一釋子。城下之日必不降，殺之讀書種絕矣。北固當年眼倦看，目中久已無中原。似此闍黎太無賴，手奪神器歸燕藩。吁嗟乎！儒者動云羞五霸，籌策乃甘方外下。士流不及一緇流，無怪緇流敢自大。

秦　始　皇

　　天若祚秦始皇死，扶蘇應早作天子。尊禮孔子親儒生，傳祚豈僅二世止。乃知漸離筑、荆軻刀，張良之椎皆罔勞。貞元運會在劉季，沙邱數定天難逃。惡秦偏不墜秦命，故意縱之恣荒驕。時來莫羨陽翟賈，運去休嗤內豎高。

樊　將　軍

　　將軍刎頭頭不斷，眼光倒射荆軻面。英魂相逐入咸陽，不報仇時誓不散。督亢圖窮匕首見，生劫强王本非算。殺身難抵將軍頭，至今魂哭咸陽殿。

咸豐三年,粵匪擾津門,人情洶懼。大府令各鄉自爲團練,以相守望。余家自高曾以降,無失德於鄉,以故附近十一鄉不約而同,推余家弟姪輩爲團總,願聽約束。余以老憊不與事,賦詩二章,藉勉弟姪云

朝廷養士百餘年,忝列膠庠已數傳。敢謂草茅能報國,須知燕翼合光前。鄉鄰推仰家聲重,里社遵依祖澤延。讀聖賢書學何事,著鞭休讓祖生先。

相感由來止一誠,莫將門第蔑鄉情。果能下士同甘苦,便可臨危託死生。有製三軍能奪帥,無私衆志自成城。平時計畫須先定,早靖鯨鯢著義聲。

王承吉,字佑堂,灤州人。諸生。《止園詩話》:"佑堂爲耀東先生冢嗣,事親至孝。耀東先生好施予,或至家無儋石儲;無不勉强從之,未嘗有難色。"

山　　行

松韻雜泉清,人踪入渺冥。莫云高已極,高處尚崚嶒。

王權,字惇平,臨渝人。《止園詩話》:"王惇平喜吟詠,善絲竹,書法亦極秀整。少以寄籍年例未符,不得應試,乃力培子弟讀書。季弟樸中道光己亥副車,子元熙亦以是年舉京兆。"

題具慶圖

椿萱幸安燕,群季無參商。兒輩岐以嶷,我亦云平康。人生有定分,夷惠孰短長。娛親不在豐,春韭勝羔羊。榮親不在顯,樂善增軒昂。高堂有甘旨,自奉有豆觴。客庭有絃管,家塾有縹緗。以此保世德,具慶春暉芳。畫師擅藻繪,詞友抒琳瑯。揭向庭幃前,樂壽資無疆。奚必鳴珂里,將相夸故鄉。

卷十六

王册,字典如,號梅君,臨渝人。貢生,官户部員外郎。著有《浣花集》。《止園詩話》:"王梅君農部工詩善書。余嘗見其所作屏障,字體娟秀,脱胎趙董而別饒意趣,在近人中酷似夢樓。詩筆清麗妍綿,亦無些子塵壒氣。聞其官部曹時,公退之暇,與諸名士結文酒會,鬮題分韻,出語輒驚其座人。一時風流文雅著稱都門焉。故有崔烈之富,人不得以貲郎薄之。今讀其詩,尚可髣髴其人。"

次張紉蘭春日雨後元韻

蜘蛛屋角織新絲,小草茸茸護碧池。人静緑窗詩夢穩,香添紅袖畫簾垂。三杯酒味郎官餞,一點春情燕子知。柳絮晴烟飛漠漠,任他桃李弄芳姿。

丙戌中元日造龍槐寺祭鮑覺生宫詹

也隨流俗到空門,獻佛供僧且莫論。三炷香殘名士夢,一杯酒慰故人魂。詩傳精妙懷仙骨,壁有龍蛇尚墨痕。寺壁多先生墨蹟。更上兼葭簃上望,遠烟高樹已黃昏。寺有兼葭簃,係先生創建。簃中有先生手書一額,云"遠烟高樹"。

道上口占

午夜過榆關,邊風黯旅顏。驅車不知路,月落隔城山。

王一士,字諾人,號和村,臨渝人。恩貢生。著有《存我堂詩稿》。《止園詩話》:"王和村明經學問淹博,屢試高等,鄉闈七薦不售。爲制藝,法律謹嚴,尤長於議論。所選《拆襯編》,後學奉爲楷模。"

行次陽山嶺口號 _{嶺爲臨渝北界}

陡絕陽山路,渾如度九嶷。衆流分內外,一嶺界華彝。峭拔南登險,陂陀北去遲。從今天塹號,不必在江湄。

鄧林釣臺懷古

復讐一戰散家兵,獨把綸竿結鷺盟。封爵兩朝歸闖帥,釣臺千載屬先生。風凄雨冷孤臣淚,酒美魚肥孝子情。我到河邊尋古蹟,抽毫欲補史官評。

郭長治,字伯安,號平軒,臨渝人。諸生。《止園詩話》:"郭伯安茂才績學工詩;書法蘭亭,得其神似。尤長於鑒古,遇名人書畫,一見輒別其真贗。"

題　　畫

一水清見底,萬山滴寒翠。秋光澹欲無,著色自明媚。
蘭若隱巖隙,一徑入雲深。客有耽禪悦,來尋支道林。
長松一千尺,照人鬢眉青。松下話何事,相商劚茯苓。
泛舟清溪清,清極不可唾。倒影寫寒空,真如天上坐。

溫序斌,字石坡,盧龍人。諸生,州同銜。著有《六疋心聲詩集》。《止園詩話》:"溫石坡先生,尹亭侍御之季子也。侍御公殁後,家窘甚。先生力學自勖,期紹家風。應京兆試者十三科,卒以不售,橐筆遊四方,足跡半天下。老歸故鄉,客囊如洗,年近古稀猶不離硯田餬口。居恒不嗟貧,不傷老,不論人是非,不雌黄人學問;日手一編,寒暑不輟。性喜飲,對影銜杯,陶然自得,殆所謂遯世無悶者歟?詩不矜格調,而機趣盎然,自然合拍。高魚侯方偉題其卷云:'論超由卓識,語妙見高才。不費經營處,都從閱歷來。'頗能道其髣髴。"

劉孝子歌 有序

　　孝子永利名順時,白蟒山背耿莊人也。廬墓三年,毫無惰行。里人公以孝舉,有司久閣不行。感此賦詩以紀之。

　　孤竹國,黑胎氏,受爵唐虞歷殷紀。天生夷齊振頹風,父命天倫成一是。首陽高躅詎難攀,興起由人不盡頑。白蟒山陰劉孝子,敦仁篤義於其間。日出早出耕,日入不得息。持家有苦心,養親無餘力。四十痛父歸黃泉,骨已如柴爲母全。五十老母又見背,肝膈摧崩心幾碎。抔土成墳力莫當,誅茅作室墓之旁。食無鹽酪卧無席,三年血淚凝冰霜。有司久閣慳表異,徒令道路增悲傷。嗟嗟!劉孝子,孰與比!人皆父母生,何遽忘毛裏。無端忽動短喪思,無端竟借奪情仕。口不絕肥甘,身不離朱紫。三年之愛等尋常,何怪徵歌與選妓。東夷有少連,降志辱身矣。中倫中慮聖獨稱,孰意於今得見此。

悲烟鬼

　　此身忘却是親遺,病渴偏將鴆酒醫。呼吸空存甘作鬼,衣裳徒令變於夷。精神縱振開燈後,產業潛消卧枕時。直到骨枯金亦盡,哀哀乞死悔應遲。

> 道光己酉立秋前二日大水，距乾隆庚戌立秋後二日大水剛及六十年，想亦劫數使然耶？府署刑書張君得源，雇覓舡隻救活多人，且備餅餌粥糜以濟飢渴，誠盛舉也。余因作此以誌之

酉戌驫更六十年，災生秋後易秋前。城中水漲逾尋丈，郭外房頹幾百千。滅頂稻粱難望稔，痛心黎庶仗誰全。仁賢幸有張司法，拯救多方不惜錢。

李雍，字春亭，灤州人。諸生。《止園詩話》："李春亭博通經史，尤精研宋元理學之書。制義宗成弘，屢試不售。晚託迹岐黃，遠近稱國手焉。詩五言清微淡遠，在諸體中最爲擅場。《送別董勳廷》云'瀟灑官塘柳，絲絲掛落暉。'讀起十字，已令人黯然魂銷。其他佳句，如《道過雙橋寺》云'日午鳥聲静，山深塔影圓'，《夜行》云'犬吠知村近，驢疲覺路長'，《曉發》云'霜重平蕪白，星孤大漠黃'，《賣書》云'廿年燈火供，幾日稻粱資'，《除夕》云'問年忽已老，訪舊漸無多'，《漫興》云'子能脱俗愚何害，婦解安貧拙亦賢'，《邵菴》云'滿架詩書資尚友，一庭花木卜佳鄰'，《除夕》云'貪眠最喜逢迎少，恕老何妨禮數寬'，《村居》云'一片泉聲長在耳，四圍山色總登樓'，皆蘊藉有味。若其《詠蠹魚》云'原來白腹無文字，也向書中過一生'，則未免劉四罵人矣。"

答人問訊

　　腐儒原不識功名,野馬輕塵寄此生。有興何妨爲酒困,無聊偶亦以詩鳴。緼袍被體當春熱,故紙糊窗向日明。莫道村愚多寂寞,掃除客氣久忘情。

　　疏慵自喜料無妨,生計從茲事事荒。長晝頻眠如綠柳,閏年加退似黃楊。新茶到口甘遭厄,美酒當筵樂欲狂。入室從無交謫語,由來貧慣久相忘。

　　郭上林,字靜鑑,號苑香,臨渝人。歲貢生。《止園詩話》:"苑香少隨其父官湖北,數歷巖疆,屢幫辦城守事宜,於軍書旁午中未嘗廢學。博覽群書,兼通吏治。奇於場屋,乃橐筆遊幕遼東治刑名者二十年,稱明允,且平反者甚夥。晚年家居授徒,一鄉科舉之士多出其門。長子舉於鄉,次子成進士。其詩如《九日角山同平軒作》云'黃花人意遠,紅葉酒顏同',又《角山》云'萬壑風濤空處合,千家烟火望中低。日射沙光明海岸,山蒸嵐氣暗邊城',俱有句法。"

讀平軒先生近作感書其後

　　乍寒天氣閉門初,一誦新詩一悵如。八口艱難同慨歎,百年身世各躊躇。擔簦久乏干時策,倒篋空存乞米書。却羡古人能作達,醉鄉天地是蓬廬。

留別陳春渠司馬兼懷介弟夢漁孝廉

　　數盡寒更第幾籌,驪歌欲唱倍添愁。素心早證三生石,青眼容登百尺樓。到處逢人承説項,不才無補愧依劉。黯然擬賦銷魂別,彩筆江淹亦懶抽。

　　白駒過隙感流光,往事思來記得詳。鴈序歡同兄弟翕,塵談深覺主賓忘。十年遼海心如水,七載邊關鬢有霜。我作嫁衣君壓線,一般都是爲人忙。

　　幾度思歸未忍歸,主人情重尚依依。其如老去精神減,敢使平生願力違。臨別轉無言可贈,相看只有涙頻揮。曾爲王謝堂前燕,不傍尋常門户飛。

　　季方蚤歲共周旋,憶領鄉書又幾年。耐久交原屬我輩,知非境已讓前賢。金昆玉友齊千古,翔鳳冥鴻各一天。惆悵故園歸臥後,江南塞北夢長牽。

　　高作楓,字紫崖,昌黎人。歲貢生。著有《鶴鄉吟草》。《止園詩話》:"高明經作楓性情瀟散,學問淹通,名噪膠庠者數十年。晚歲橐筆東遊,主講遼陽書院。偶有感觸,一發於詩。《鶴鄉吟草》蓋即主講時所作也。鍊句最工。《夜坐》云'露珠團草脚,雲絮裹峰尖',《聞笛有所思》云'塞月詩魂冷,邊風老樹狂',《春暮偕友水亭對酌》云'曉風楊柳聽鶯客,春水桃花放鶴船',《遼城度歲》云'絶塞強斟辭歲酒,孤燈怕照憶鄉人',《春暮遼陽懷古》云'寒逼四圍山有雪,春回三月樹無花。管公臺圮烟蕪冷,丁令城荒夕照斜',《送友》云'花有情癡愁客散,柳知別苦怕人攀。驚心風雨三春冷,放眼乾坤幾个閒',《龍泉寺》云'亂峰泉瀉如龍鬭,窄徑雲橫與鳥爭'。雅有錢郎風味。"

花　塚　曲

曲何爲而作？爲營妓而作也。海城有木溝營,營中故多青樓,其老病以死者半棄諸荒野。近有江南大賈姚春泉施義地以厝之,復浼居士徐少壽題碣曰"花塚"。余友劉松雲、王雪庵皆有序與詩以紀其事,余踵其詩,故不復贅以序云。

誰生厲階爲禍始？女閭三百起管子。北里爭誇窈窕娘,東山豔說林泉妓。遂令後代盛烟花,殺盡紅顏靡有已。臨溟有營號木溝,溝水多情宛轉流。桃花浪膩臙脂漲,楊柳波含眉翠鈎。生成玉女三千黛,恍到金陵十六樓。朝朝暮暮弄絃索,但知歌舞不知愁。新聲譜出樊素口,琵琶指授呼韓婦。泥人秋水眼橫波,含情却扇一迴首。春融瑇瑁燕雙棲,香煖芙蓉鴛並偶。日高三丈尚貪眠,鬟鬟慵梳倩阿母。自謂歡娛無盡頭,豈知繁華夢難久。名花慣被風雨妒,碎綠摧紅委朝露。飄流溝底沈泥沙,拋擲溝邊飼狐兔。殉身六幅月華裙,模糊血污失紈素。一盂麥飯無人澆,紙錢誰掛棠梨樹。三吳豪客姚春泉,多財善賈富腰纏。十萬青蚨買義塚,前身應是護花仙。煞費憐香惜玉心,收拾花葉歸花根。夕陽一片黎花影,半是亭亭倩女魂。更有鍾情徐季海,書法歐陽多風采。手題花碣重太息,陰風颯颯人斯在。恍兮惚兮環珮聲,似抱沈冤訴不平。沾溉恩波安鬼籙,消除孽海懺來生。來生誓作田家婦,莫作任人攀折章臺柳。

秋風出關圖爲王雪荇半刺作

渝關門前秋草黃,渝關門外秋風涼。山抱長城翠鬱鬱,天浮海水青茫茫。四扇鐵門春不度,出關便異中華路。曠野縱橫虎豹蹤,霜林禿倒箐榛樹。遼東自古稱極邊,瓜代戍守年復年。底事王郎鉛槧士,勦與荷戈負弩之輩相周旋?瘦馬嘶風鞭在手,飛沙捲地石亂走。一琴一劍一詩囊,奚奴擔荷青驄後。邊城八月笳怒號,倏爾慘淡天容驕。壞雲輪囷匿白日,雪花如席黏青袍。膚革粟起馬蹄滑,仰面險阻醫閭高。嘻!王郎抱英多磊落之奇才,此行胡爲乎來哉!堂上慈親髮頷白,崦嵫晚景桑榆催。願得一囊方朔米,折腰俯首何所猜。陟岵悲,捧檄喜。古今人子心,率皆爲貧而仕矣。春風吹來劉夢得,秋風又送王安國。消除塊壘吐雄詞,陯霾洒遍山南北。十年踐子走東都,年少才高似此無。握懷瑜瑾莫能遇,倒持手版隨人驅。嗟乎!天生有才終有用,幾見鐵網遺珊瑚。竚俟飛騰揩老眼,慷慨爲寫秋風圖。

王保庸,字寶符,號湘舟,臨渝人。增貢生,官江西吉安府通判。《止園詩話》:"湘舟佐郡吉安,粵匪犯郡,太守某亡於陣;湘舟行太守事,克保危城,以功薦升同知,賞戴藍翎。逾年,賊大至,攻圍六十餘日。糧盡援絕,力竭城破,湘舟隨臬司周公以下同官四十人同遇害。事聞,贈同知,廕卹如制,入祀吉安及本邑昭忠祠。郭廉夫跋其《詠菊》詩後云:'湘舟死難吉州,大節凜然;而"風雨摧折"一語,已成詩讖。'信哉。"

詠菊二首

一枕秋聲竟夕吹，朝來叢菊綻東籬。栽從桃李芬芳日，開到園林寂寞時。花晚不因人力早，神清豈爲夜寒疲。任他風雨頻摧折，自是生成傲世姿。

寶樹瓊花憶舊遊，此花開處幾同儔。丰神不爲炎涼易，臭味何須世俗投。明月一簾疑是畫，香風四壁不知秋。虧君深歷榮枯境，得與喬松説一流。

張光斎，號海珊，臨渝人。嘉慶癸酉鄉試謄錄，實錄館議敍，官束鹿縣訓導。

近辰三姪旋父任，以詩送之

荒齋祖餞酒盈卮，小阮依依解賦詩。脈望書中能變化，鞠通絃內見心期。近辰善琴。他時穩唊紅綾餅，此日先歌白雪詞。寄語東山多契闊，餘年珍重莫憂思。

趙書林，字西山，樂亭人。歲貢生。

秋雁

寥廓天無翳,晴空數去鴻。瀟湘千里月,邊塞九秋風。稻啄江雲紫,絃揮落日紅。明年歸莫緩,春信鴈門通。

卷十七

馬宗沂，字春隄，盧龍人。道光乙酉舉人，官邢臺縣訓導。著有《悟雪堂詩草》。《止園詩話》："馬春隄學博性情和雅，與人交，恂恂善下，未嘗少露圭角。家居授徒，大小試得雋者接踵於門。制義以先正爲宗，詩亦無塵壒氣。"

京邸冬夜感懷

書擁殘燈獨自挑，雄飛無復夢扶搖。那堪久客貂裘敝，況有衰親雪鬢凋。十載未工揚子賦，頻年羞過相如橋。何當快飲三蕉葉，多少羈愁藉酒澆。

再訪王氏山莊

策蹇寒山雪未銷，柴門遠近夕陽描。隔年風景依稀似，又訪梅花過野橋。

臧維城，字友山，樂亭人。道光戊子舉人，官山東新城知縣。《止園詩話》："臧友山家素貧，遊庠後即館穀他鄉，後以大挑一等筮仕山左。未數年，以清查案罷官籍没。余嘗於其歸寄詩云：'蕭然琴鶴伴歸途，爲問清貧似舊無。一事如君堪妬甚，數年飽看大明湖。'蓋悲之也。詩筆清健，不染塵嚻。"

中秋節後一日接香厓書

邊月荒涼霜漠漠，旅懷飄蕩同秋箨。蕭齋無賴正思君，忽報尺書天上落。未啟緘封神已馳，此中情緒人難知。山海一壁隔千里，如見拈毫濡墨時。把君之書縈離緒，讀君之詩如共語。落花衰草自飄零，冷露淒風復彊禦。憶昔匹馬出嚴關，駒隙光陰去等閒。心似孤雲無著處，情如倦鳥已知還。芸窗奮志苦不早，斷梗飄萍任顛倒。烏飛兔走日駸駸，鹿夢羊亡空草草。經年塵鞅總勞勞，旅邸頻驚歲月慆。斑管揮殘遊子淚，白雲望遠秋旻高。興言及此空惆悵，爭奈天遥與地曠。作繭春蠶恐笑人，戀芻駑馬慚無狀。一箋遥遞正深秋，兩地關情勉唱酬。屐齒踏殘邊塞路，筆花簇起客心愁。愧我年年仍賤藝，車薪杯水終何濟。登山西望總傷神，迴首東隅愁失計。故園秋色更如何，過眼年華等逝波。一卷河梁重展讀，燈前仍擬唱驪歌。

過天津吊謝雲航

狡兔爰爰雉罹羅，吊賢良兮驚逝波，望津門兮發哀歌。憶昔粵匪肆搶攘，專閫將軍策獨長。大兵南下惟防堵，如川隤壅已多傷。烏鳥聲樂賊勢張，破竹而下誰扼吭。朝奏昇平夕失陷，皖湖翻覆似簸揚。大江南北任跳梁，金陵竊據蟻蜂王。嗚呼！將兵者誰穉且狂，養癰成患乃竟波及於吾鄉。驀地江河忽飛渡，勢如雲屯與水注。兵卒棄伍將棄關，賊營兔窟期負固。聞道謝公秉孤忠，數年聲績震畿東。卷地賊氛誰捍禦，中流砥柱惟此公。地本咽喉天咫尺，忍教醜虜逞蛇豕。屠兒市賈盡貔貅，雲集一呼真臂指。誓期旦暮靖烽烟，著鞭肯讓祖生先。義勇讙呼動天地，惟公督率往無前。將真如龍士如虎，礮聲雷轟賊失伍。何期頑庶竟鳴金，嗟哉此時英雄難用武！衆情阻兮臣心寒，賊鋒熾兮臣心丹。拚將一死障狂瀾，身被重創赴急湍。吁嗟乎！功成忽隳兮恨漫漫，握節死戰兮氣桓桓。水嗚咽兮風悲酸，吊公忠魂毅魄之不没兮長留於津灘。

馬恬，字退叔，遷安人。道光戊子舉人，官奉天甯遠州學正。

烈　婦　行

秋風淒楚秋霜清，秋葉蕭條秋月明。兀坐仰天長歎息，濡墨將為烈婦行。李氏仲姬陳郎婦，無違夫子孝姑舅。陳郎善病藥親嘗，時且節情供井臼。于歸四載天柱崩，誓郎同死歸荒塍。銜哀依禮視含殮，擇賢猶子宗祧承。妾未生兒郎有子，郎棺既窆郎事已。舅姑有託兒有依，妾生無累妾可死。牽紼哭送靈輀歸，傷心默計偷息非。宵漏沈沈聞鬼哭，寒燈凝碧室無輝。死無遺憾命皆正，項帛自書從夫命。記時壁識三更天，夜臺無復分鸞鏡。嫁時衣飾豫緘題，某物遺某分置齊。死果何事特詳密，家人驚覺長號啼。伯兄手製烈婦傳,今我題詩發三歎。吾家從子婦殉夫,時僅隔年事同縣。從子妻張富室媛,廿年荆布甘無言。癸春從子倏疾歿,婦痛夫亡難獨存。稚子零丁幼女瞽,婦念孤生事無補。追夫將葬夜投繯,絲縧舊結同心縷。余時下第賦歸來,驀然聞此中情哀。馳車猶及撫棺痛,人間莫築招魂臺。偶因賦詩相觸感,連類長言忘悲慘。陳家烈婦從子妻,兩兩婺精光莫掩。一番點筆一神傷,中懷暗觸言復長。烈婦昭昭自千古,詎須卮語闡幽光。採風待補輶軒史,竚有綸音旌下里。子規血盡白楊枯,年年寒食烏銜紙。

清風臺懷古

清風之臺高無級,台下清風吹習習。夷齊往矣清風存,頑夫能廉懦夫立。頑廉懦立景遺風,呼鷹戲馬空隆隆。臺與清風共無極,生時徒吊夷齊窮。西山蕨,有時闕,清風終古無時歇。至今臺畔濚流清,點波猶映當時月。北海流,如浮漚,清風歷劫無窮休。人世滄桑幾遷變,斯臺矗矗足千秋。孔氏稱賢孟稱聖,夷齊雖餓終非病。當時叩馬言琅琅,忍見君臣義失正。商不能子周難臣,超然高舉爲逸民。國猶可讓餓何事,泰伯虞仲皆其倫。漫斥首陽議真贗,孤竹原蒞令支縣。墨胎故壤夷齊生,採薇何事泥商甸。層臺鬱律山巍峩,登臺吊古頻摩挲。清風徐來山月小,樵蘇猶唱採薇歌。

貞婦行 有序

婦姓嚴,吳縣人。父清泰,官兵部司務。隨父來京,適同邑張鈺,生一子。夫賈於琉璃廠萬元號，婦居沙土園。傭爨媼梁姓潛與鋪夥張八通。張旋以他事出鋪，因梁故，猶時假故來。道光辛丑，婦年二十八，子十二。閏三月，夫赴三河索逋。廿日，漏三下，張八乘醉至，梁爲叩卧室門。婦啟戶，見張八持刀，問何來，曰："就宿耳。"梁亦從旁撮合。婦偽諾，出錢一千令市酒脯。市之歸，紿就媼室，招媼飲。媼醉去，張八抽刀曰："曩少違，計殺汝子，復劊汝胸。"婦佯嗔曰："匪求婚媾，直爲寇耳！"奪而擲之席下，酌巨觥勸張八，連罄之；又酌，不能盡，求卧。婦假故出，聞鼾聲作，入挈席下刀刺其心，斃，復連穿其脇。滅燭，詭呼媼然燭。媼猶讙浪，乘其掀簾刺之，立倒。扃室之內外戶，出，思赴戚家。扶門小立，轉念未便。闔戶入内，易衣盥面手，檢什物，悉鍵而封誌。垂涕待旦，呼子告鋪中，以飛車迎夫歸。夫駴泣。貞婦曰："所以待君，爲室無爲守耳。殺人事絕不相累。"夫益悲。婦又曰："刃兩人，烏能不抵？倘不相忘，置媵妾以撫是子，虛吾位，九原即相感也。"鳴官自首。秋曹以殺兩人非女子所能，且不喊不走，脇下更二傷，疑有幫兇；殺梁媼迹近滅口。婦謂時已午夜，一發聲必母子俱亡，縱自脱，奈子何；吾恨不能磔之，故既殺之，復刺之；禍由梁作，留之必見；污門之血跡，吾手染也。反復駁詰，以剖心自矢。刑部擬徒，準收贖。時太保蒲城相國總理刑部，獄成上之，謂是不得依尋常拒姦律。釋歸，予扁旌其門焉。

偽鸞珠喜。

倉卒變生中無主，遑遽遲疑兩莫補。機關轉播呼吸間，剛或傷身柔被侮。繞指鋼原百鍊堅，嚴姬禦變計萬全。掌上明珠擎尚小，司炊婦誤傭淫媼。偶爾張郎賦索逋，導奸淫媼啟狂奴。內計不爲無益死，完節殺仇保弱子。囑市醇醪助色媒，執柯人復約相陪。父官司馬門下掾，夫子張郎隱戀眷。兇僕私結閫下歡，豺狼生性狎梟鳥。熊熊匕首乍相逼，倘完白璧摧明璫。殺機既伏笑中刀，粉面回嗔倏僞喜。巢有鸚雛慮學語，媼室假爾舊陽臺。媼祇善淫不善酒,飲少輒醉潛辭走。防渠乘興發諸狂,翠袖殷勤酌大斗。兇僕伶丁醉莫當,賺取兇刃給爲藏。謂道便旋即相就,出室結束紅羅裳。鼾聲達户玉山倒,入挈霜鋒急電掃。纖腕雙持剚賊胸,洞心穿脇斃淫獠。刺彼盾即假彼矛,禍由媼作難獨留。滅燭僑呼待然燭,媼猶譃浪輕呀咻。追啟筠簾陛相剌,俾伊同死成伊志。曳尸扃户秉燭歸,嬌啼達旦望夫至。細檢衣裝手誌封,此時此際能從容。寇至咸自計終始,悉有成竹蓄心胸。夫歸駭泣窘無策,殺人者死儂甘責。室無爲守待君歸,慮有胥徒竊搜索。善撫是子待其成,既完吾節死猶生。倘置小星虛吾位,感君不棄疇昔情。詰旦鳴官婦出首,梟獍駢誅盡儂手。鼎鑊刀鋸儂弗辭,侃侃對簿細分剖。秋曹聽訟或相疑,反覆推勘矢不移。此心可剖難誣伏,博採輿論無異詞。律依拒姦初定讞,世有皋陶嗟未善。嘉其貞烈旌門閭,薄罰當矜悉宥免。彼時禍起誠匆匆,能使兇邪入彀中。智珠百轉不窮用,巾幗如此鬚眉空。或云事濟亦天幸,生死須臾危當境。紿以溫語寇不疑,自古能軍貴暇整。常則守經變時權,吾於貞婦知其賢。等閒樂道長神智,每聞此事頻流連。

鄭芃,字械林,遷安人。道光辛卯舉人。

長 城 歌

吁嗟乎!始皇築長城,長城不築秦不傾。秦據雄關一百二,金湯鞏固環咸京。强弓勁弩守要害,黃沙捲地刀鎗鳴。開關延敵敵不入,逡巡畏避虎狼兵。當時非有長城險,囊括九有歸秦嬴。始皇蒙業臨九有,志欲垂統萬年久。胡爲增築此長城,傳僅二世不能守?人謂始皇英明君,以我觀之若木偶。長城如帶跨高山,天梯石磴無援攀。東南入海四十里,西南直走嘉峪關。北面綿亘邈無際,糜帑何計千萬鎪。當時築城令一下,黎民驚顧摧心顏。壯者行哭父老泣,築城一去難生還。吁嗟乎!秦法苛虐久不悛,民命又爲長城捐。秦不築城祚或在,築城秦亡踵不旋。至今人指姜女廟,真贋無論想當然。

李清淑,字小泉,樂亭人。道光辛卯舉人,歷官容城、房山訓導。著有《味無味齋詩草》。《止園詩話》:"李小泉先生,卷山侍御季子也。幼承家學,詩詞書法俱有高曾矩獲。年甫踰冠,捷於鄉。風流儒雅,有玉樹臨風之概。晚終菑蓿一席,非其志也。佳句如'夕陽明淺水,黃葉下重樓''遠山青有態,春水綠無情''短岸鷗隨船共泊,晚山雲與日爭歸''山留窄竇雲爭宿,樹膡空腔草寄生''一榻青氈愁壓重,半弓素月影飛寬''月扡涼影依簾額,風釀微寒到被池''窗待雪朝醅酒,小閣圍爐夜賭棋''判花情緒仍三月,飛絮光陰又一年''事當難境糊塗過,人近中年感慨多''禮法自非緣我設,衣裳亦祇爲人忙''不堪午夜無歸夢,悔煞丁年有俠名''添歲却憐來日少,檢囊徒喜近詩多',在唐宋中風韻於白陸爲近。"

過　涿　州

緬昔季漢時,蜀主興於此。英雄屬使君,碌碌安足比。三顧草廬中,南陽臥龍起。兩川雖偏安,繼漢傳統系。慨想古之人,霸圖長已矣。百里近長安,日冷黃埃起。行人指樓桑,荒村毋乃是。下馬趨道旁,殘碑讀遺記。茫茫二千年,人代一何駛。東流去不回,唯有桑乾水。驅車復言邁,大道平如砥。一塔夕陽明,金臺在咫尺。

曉發安平

鷄聲喔喔馬蕭蕭,夢斷不斷車搖搖。五更殘月照行李,大地如雪不辨低與高。遠村樹黑疑山立,霜重曉鴉飛復集。東極紅雲一霎明,扶桑日影圓如笠。我行何事輪蹄忙,驅飢無術徒皇皇。輸與對門田舍郎,茶甘飯頓日高睡足方徜徉。

歲暮述懷 深州作

閃閃斜陽淡暮烟,蓬蓬歸思逼殘年。才華自古難兼福,筆墨多情易結緣。留客頓忘沽酒債,購書頻盡典衣錢。梅花笑待巡檐索,迴首鄉園一惘然。

楊寶樹,字芝庭,遷安人。道光壬辰進士,官户部主事。

題　　畫

尺幅烟雲列畫屏,風帆杳靄隔沙汀。斜陽半落松亭外,寫入遥峰數點青。

閒雲野鶴兩悠悠，蘿壁松門一徑幽。遠樹層層山半角，扁舟獨泛五湖秋。

亞字蘆灘瓜字洲，達人隨處有丹邱。箇中識破烟霞趣，都把閒情付釣舟。

買山擬作卧遊圖，我本烟霞舊釣徒。暫向此中尋小住，松風半榻是新吾。

卷十八

楊在汶，字魯田，樂亭人。道光甲午舉人，官邢臺教諭。著有《鋤耕草堂詩草》。《止園詩話》："楊魯田性機警，讀書能悟。弱冠補邑庠，初應京兆試即獲雋。少年清俊，頗有風流自賞之概。然體素羸弱，有癇疾，時發時愈。後以大挑二等選授邢臺縣教諭，未滿任即遭母喪。哀毀之餘，舊疾復發，遂卒於邢，年四十八。魯田幼時，夢前身爲廣平女子，有《感舊夢》詩以紀其事。詩筆宛秀明麗，亦大類子房之貌。常職卿題其詩後云：'若將好句比好女，孃孃婷婷十二三。'余和其《感舊夢》詩有云：'儀容不爲輪迴改，恠得留侯似婦人。'皆非戲言也。集中所錄皆其傑作，其餘佳句尚多。五言如《南臺晚眺》云'城低房露瓦，橋斷路通舟'，《赴郡道中》云'飽帆張水驛，飢馬困沙途'，《登望軍臺》云'天低諸嶂暝，日落半城陰'，《田家》云'秫籬圍古樹，泥壁隱疏花'，《暮登郡城》云'四圍山氣重，萬點夜燈多。新月斜穿樹，繁星倒入河'，《崆巄山寺》云'曉烟浮水白，晚日背山紅'，《遊史氏東園》云'村路六七里，素心三兩人'，《得月亭》云'雨蝕苔花紫，霜乾木葉紅'，《入盤山》云'萬峰環寺峭，一徑入雲深'，《出關》云'飢驢千百里，飽看十三山'，《山家》云'地暖田收早，林深客到稀'，《客中立冬》云'節隨邊地改，人遇故鄉親'。七言如《送人》云'千里雲山迷客路，一鞍風雪壓鄉愁。柳色河橋殘照下，鶯聲山驛曉風時'，《病中》云'浮生好藉三分病，静臥先偷幾日閒'，《遊蔡軍門墳》云'古松俯嶺蟠虯臂，亂石當輪滯馬蹄'，《過白雲山》云'路彎石磴行車險，井遠人家乞水難'，《崴山旅邸》云'塯鈴風定宵無語,沙岸秋崩水有聲'。讀其詩俱可想見其人。"

九月望後過訪香厓先生,遂與諸同人遇,留之信宿,別後賦此以謝

曠野雲開眼界空,涼天閒話酒杯同。南州下榻慚徐穉,北海憐才有孔融。滿院輕塵消宿雨,隔牆老樹攪秋風。坐談盡日神逾旺,倚笛豪歌蠟炬紅。

粵西土匪煽亂,朝命相國某防剿紀事

龍飛御極會歸同,奚事炎方擾聖衷。命逆三旬難羽格,師行六月奏膚功。南郊有事天街雨,是日上祀天壇,朝雨。上相宣威大纛風。無犯秋毫軍令肅,特傳詔語出深宮。

災黎本屬聖人孩,豈比蠻夷猾夏來。剜肉醫瘡迷救藥,養癰成患恨庸材。巡撫某以彌縫釀禍,遣戍新疆。尚方欲請朱雲劍,燕市誰登郭隗臺。元老專征申撻伐,五花天廄賜龍媒。

王一晉,字鶴山,灤州人。道光乙未副榜。著有《鶴山詩草》。《止園詩話》:"王鶴山舅氏天姿敏捷,讀書數行並下,過目不忘。居恒從余假閱藏書,日盡數十卷,往來更換,使者疲於奔命。間或叩其大義,隨聲響答。爲文操筆立就,不煩意匠。嘗對客口占四六序文一篇,倩余代書,幾令筆

無停刻。以余所見,時輩中罕有其匹。或規之曰:'君文思太速,若抑之使遲,當益有進。'先生顰蹙曰:'詩文快吾意而已。如古人研京鍊都,動經十載,吾實不耐此煩。且君不觀閉門索句陳無己,對客揮毫秦少游乎!無己之不能爲少游,猶少游之不肯爲無己,何相強爲?'規者亦無以難之。道光乙未鄉試,頭場文已中式,因後場一字之譌,抑置副車。歿後詩多散失。余猶記其斷句數聯。《古廟》云'鳥散花鋪地,僧歸月滿天',《北河蘆絮》云'漫天作霜雪,此地即江湖',《無題》云'何須落葉哀蟬曲,直是桃花薄命人。別況淒涼惟有夢,殘妝淺淡不成春',《庚子落第留別金陵葉實生》云'白河暮雨前村路,黃葉秋風夕照時',又云'封侯燕頷空存相,傾國蛾眉只自憐',《杭州懷古》云'十萬錦衣王氣應,三千鐵弩海波消'。俱非率爾操觚。"

贈張雪樵

野圃疏籬處士家,逍遙世外樂煙霞。青蓮詩捷存千首,黃卷書多富五車。流水孤村楊柳絮,春風小院海棠花。年年芳草橋邊過,把臂論文笑語譁。

留別史香厓

囊稿相煩仔細刪,荆州許借異書還。詩吟黃菊霜三徑,酒醉紅蓮水一灣。陳迹空懷南國夢,頻年同看北平山。東園花樹應思我,楊柳依依幾度攀。

童柱，字立天，號松厓，盧龍人。道光丁酉舉人。記者云："童立天孝廉少工制義，縣郡院三試皆冠其曹。初試京兆即得雋，以磨勘停科，後屢上公車不第。家貧，以舌耕爲業。性喜飲，飲酣輒笑，故又自號笑仙。詩多率易不入格。其《出北口》有句云'亂山趨北塞，飛葉戰西風'，頗不失雅音。"

重陽前自舘歸里道中作

雲影遠蒼蒼，前村已夕陽。翻嫌人意促，不覺馬蹄忙。棧路山城月，楓林野寺霜。故園秋色好，遥憶菊花黃。

李培元，字潤田，號硯畊，臨榆人。道光癸卯舉人，揀選知縣。記者云："李硯畊孝廉，臨榆知名士。乙未鄉試，闈中得卷擬魁，因經藝失檢，中副車；癸卯始獲雋。其《闈後旋里口占柬郭廉夫》有句云：'長吉尋詩遲策馬，林宗結契喜同舟。'是科果與廉夫同舉於鄉，此語竟成吉兆。"

玉田道中

參差茅屋自成村，猶有先疇樸俗存。收盡黃雲田尚綠，連畦新麥長秋根。

卷十九

常守方,字職卿,號半禪,樂亭人。道光甲辰舉人。著有《半禪初草》《臨溟遊草》《臨溟續遊草》《昌圖遊草》。《止園詩話》:"常職卿性聰敏,善讀書。弱冠補邑庠,科歲試輒高等。計偕七次,至甲辰始魁其經,時年已三十六矣。三上公車,兩薦不售。癸丑入都應禮闈,且謁選。適粵匪大擾江南,旬日內連破三會城,畿輔震動,慨然曰:'世事如此,何營營於名利爲?'遂不終場,同余遊田盤山而歸。性好飲,諳音律,尤工橫吹,每遇佳山水或花前月下與友朋讌集,輒手橫紫竹一枝,飄飄有世外之想。詩筆清超絕俗。與余相處最久,唱和亦最多。聞遼東山水名勝,因橐筆出山海關,薄遊三載,吟詠益富。歸後於村東闢園數畝,爲菟裘之所,顏曰'培園'。蒔花藝果,躬親抱甕。其閒暇則茗椀薰鑪,與生徒坐談文藝,絕不問世間升沈事。壬戌子月十三日,余買山於昌黎城北,方擬邀之,偕往相度,明日而職卿病。病時遣人囑余延醫,及醫至,而職卿氣絕矣。是歲重陽,和余遊山詩有云'孟嘉那復到龍山,阮孚蠟屐終置閒。惟讓香匳老詩友,高吟紅葉白雲間',人以爲讖云。易簀之時,手檢詩文數冊,呼家人付余刪定,外無他語。家人環泣,則曰:'人生如戲劇耳,悲歡苦樂,終有散場,何泣爲?'遂含笑而逝。詩佳句甚夥。五言如《闍黎洞》云'地有千尋峻,途無一尺寬。不防投足誤,應悔轉身難',《泛舟佛洞山》云'水鳥衝烟白,巖花落酒紅',《安山早發》云'疏樹見栖鳥,遠村聞吠厖',《九月至郡城》云'歲歉酒彌薄,地寒裘欲重',《遊蟠龍寺》云'引泉僧種菜,倚壁樹縣鐘',《嶺東小村》云'風定炊烟直,雨餘溪水渾'。七言如《偶成》云'掃葉暫供煎藥火,典衣權作買書錢',又云'有女但嗔儲果少,無兒翻悔積書多',《遊盤山》云'林外閒雲拖縞帶,澗邊流水度瑤笙',《登掛月峰》云'寒外林巒皆下視,塔端日月只平臨',《郡城晚眺》云'寒日半堤秋水瘦,遠山一角落霞明',《春草》云'殘雪漸消青匝地,遠雲低合碧黏天。西堂夢醒聯吟日,南浦魂消送別年',《雪晴》云'喜動鳥聲驚樹杪,凍銷簷溜下階坳',《書悶》云'酒難破悶空浮白,草未萌芽強踏青'。皆新穎可誦。"

壬戌九月史香厓約登碣石,余以事不果往,香厓歸以遊山詩見寄,走筆酬之

我生好遠遊,襆被輒千里。遇客談名山,未往心先馳。碣石在鄰境,視如尺有咫。五十餘年未一登,腰脚之力非無憑。同人相約作重九,振臂呼山山早譍。計日脂車將就道,豈虞人事有顛倒。未採茱萸嘗棘撋,方憂荊樹菊花槁。孟嘉那復到龍山,阮孚蠟屐終置閒。惟讓香厓老詩友,高吟紅葉白雲間。却思得月亭邊路,石覆清泉烟覆樹。我本靈山會上人,奚獨無緣共攀附。從知壺嶠與瀛洲,群仙來往皆前修。且將示我新詩稿,素壁粘懸當臥遊。

張堂,字肅亭,灤州人。道光甲辰舉人,陝西候補知縣。《止園詩話》:"張肅亭性伉爽,好藏書。論詩以格調爲主,五七言近體饒有唐音。咸豐癸丑以大挑一等需次陝西,未補缺卒。詩集未有完書,所存數首,乃曩日手錄,囑余評點者也。佳句如'歸雲帶疏雨,老樹發秋聲''野草有生意,林

鶯無住聲''怪石頻驚馬,迷途數問人''夕陽紅上樹,閒草綠侵階''夜涼蟲近枕,燈暗鼠窺人''舉杯愁緒減,開卷古人來''星河寒夜永,松菊故園蕪''野淀忽添水,小桃初著花''荒村喧凍雀,落日見歸樵''夕陽一抹帶寒色,茅屋幾間開晚晴''多病一身還作客,經年四海未休兵''荒城漏點寒無準,永夜燈花燦有情''十月霜威封野重,九邊山勢割天開''靈運遊山原有癖,相如善病未妨吟''絕塞風高橫去鴈,荒林葉脫聚寒鴉',皆可誦。外如'四壁疏燈三徑雨,一樽濁酒兩人心',則客中與余夜話詩也,惜不記其全首。"

山居雨後遲友不至

雨餘天氣佳,落日在高樹。微風颯然至,滴滴花間露。緣階碧蘚滋,隔院流螢度。涼月何娟娟,照見山下路。素心人不來,瞻言發遐慕。

夜過延福禪房

疏鐘催月上,琳宇晚來投。門靜客初到,夜涼天欲秋。驚鼯翻佛座,野鳥宿僧樓。瓦廢垣頹外,蒼茫無限愁。

登慈恩寺塔

勝蹟慈恩寺,城南五里遙。登臨還我輩,碑碣半前朝。人語層霄近,風聲絕頂驕。鄉山渺何處,東望一魂銷。

庚戌春闈下第,出都與楊魯田、馬心齋阻雨別山
旅店,留題壁間。癸丑重過,見蛛網塵封中猶依
稀可辨,因感成一律,寄魯田、心齋

小橋流水鎖孤村,野店重過認爪痕。苦恨飄零仍作客,幾經離聚欲銷魂。破窗風入燈難定,斷壁塵埋字半存。惆悵佳人渺天末,涼宵誰與共開樽。

輓謝雲航明府

妖風誰使逼神京,慷慨登壇寶劍鳴。七尺軀甘捐卞壺,九重面未識真卿。錦袍染血朝臨陣,鐵騎嘶風夜斫營。一片忠魂銷不得,怒濤猶作戰場聲。公屍得於水中。

客邸中秋,正苦岑寂,適楊魯田有京師之行,便道過訪,因留與月下共飲

意外相逢亦快哉,晚涼庭院綠樽開。一年月是今宵好,百里人從故國來。疏樹翻風輕颺鬢,閒階零露暗霑苔。良朋佳節須成醉,試問浮生得幾回。

宿沙河驛

撲面風沙白晝昏,浪遊蹤迹向誰論。亂山銜日驛樓晚,野店留人春酒渾。倚枕漸諳新客況,拂牆閒覓舊題痕。最憐側側宵寒重,不管天涯有斷魂。

寄懷馬心齋

江干芳草綠萋萋,却憶他鄉手共攜。二月鶯花燕市酒,五更風雨薊門雞。交情屈指推車笠,往事回頭賸雪泥。惆悵相思不相見,月輪幾向屋梁低。

花朝高莘農過玉田見訪,僅一握手,遽爾別去,悵然賦此

一騎驕嘶入暮雲,天涯芳草悵離群。輕陰細雨花生日,纔得逢君便送君。

和高莘農過燕丹送荆軻處

世運并吞局已成,莫將劍術笑荆卿。晚來易水悲風起,猶作當年變

徵聲。

郭天培，字毓芝，昌黎人。道光丙午舉人。著有《環翠齋詩草》。記者云："郭毓芝孝廉，少讀書，有雋才。十四遊泮，十九登賢書，未及壯即賦玉樓。蚤歲作詩，每多憤懣激楚之音，蓋夭徵已先見矣。其《嘲村學究》有云：'屈指嘗新又及期，不須惆悵嘆斯飢。農家籌算由來妙，半犒工人半請師。''閉戶舌耕二十年，生涯只藉硯爲田。最憐歲暮多辛苦，逐日沿門自乞錢。'讀之發人笑嘆。其《偶成》云：'名必奇人方解好，情非才子不能多。學因俗累靈心減，人爲家貧壯志銷。'其骯髒不平之氣亦可概見。"

涿州呈王葭塘夫子 名應奎，浙江人

重到程門日，先生鬢已皤。官因微罪去，福是暮年多。古樹鳴春鳥，新池蕩夕波。此間風景好，不羨邵公窩。

亦知難久聚，無奈即當行。往事何堪憶，新愁轉更生。殘杯搖燭影，落月促鐘聲。明日東歸去，千重翠嶺橫。

夜宿蘆溝橋

長橋遙映數峰青，竟夕輪蹄總不停。一帶沙光迷淡月，滿途燈火亂殘星。山村雞唱天將曙，茅店風寒夢屢醒。流水征車齊競響，那堪獨倚枕邊聽。

西　　施

越興端賴衆賢扶，豈果西施能沼吴。爲問乃孫亡國日，楚邦曾送美人無。

紅顔未必能爲厲，青史何須論過嚴。試問歷朝明聖主，可曾幾個選無鹽。

魏亨埰，初名亨載，字厚田，昌黎人。道光丙午舉人，一品廕生，欽賜郎中。

和静心上人酬馬星園原韻

曾隨杖履步橋邊，領得閒雲繞碧椽。般若有船通彼岸，貝多裁葉當吟箋。松風謖謖琴横座，水月如如鏡在天。重向山門尋舊約，拈花我亦解參禪。

高銘鼎，字蘿洲，號小泉，遷安人，寄籍寶坻。咸豐乙卯科舉人，大挑二等選滿城訓導，改知縣，加同知銜。《永平詩存》："小泉爲寄泉先生長君，學有淵源。幼習舉業，不甚爲詩。間有酬贈，亦不自存録，是以篇數無多，要皆真摯纏綿、抒寫性情之作。歿後其妹德華手輯寄示。亟登一首，以見一斑。"

吊文魯齋大令

我聞漢廷溫校尉，銜鬚致命死不畏風。千古忠臣殉國難，生氣懍懍貫霄漢斷。樂臺初識文魯齋，心交默定忘形骸儕。愛慕父母若孺穉，無形無聲體親意季。好施那惜典質空，成人之美謀人忠風。乙巳南宮登甲第，承家不僅在文藝濟。捧檄山左霈甘霖，膏車載米之蒙陰心。陽信爭漕喜君至，剔除積弊爲興利悴。當時妖氛侵津門，捐貲募勇鄉兵屯恩。文治優爲武功善，家傳韜略素精鍊戰。權篆陽穀纔三朝，賊衆突至聲喧囂焦。殺氣陰陰天地暗，人聲鬼哭共悲憾唂。從容懷印整衣冠，不持寸鐵登雕鞍肝。大開四門放民走，兵力難支休死守母。解衣付僕淚湧泉，持此歸報高堂前全。豈知盡忠即盡孝，戰陣無勇空貽誚肖。賊來欲將城市屠，怒髮直上呼狂奴糊。嗟乎自古皆有死，棄城潛逃萬人恥史。萬民縞素收公尸，哭聲震天天爲悲祠。一自樂臺與君別，魚書交勉勵品節。

又聞唐代顏魯公，罵賊不屈標英丈夫。重死如泰山，呼吸之間貴立品。行卓犖性情摯，觥觥朗抱超同行。葦弗踐荊常花，友於不分仲叔爲。余細述平生志，抱負不愧名臣凌。空仙鳥飛雙鳧，羨君從此展經教。養衆庶愛如子，肩輿迎養娛親一。載奉命移商河，撫恤災黎力憔盤。詰嚴密奸宄絕，四境安堵歌仁假。使登壇握虎符，鴻功早卜立一城。垣傾圮外援絕，保障無術心枯遙。憶椿萱雙耄年，欲哭不哭淚珠誓。將盡節報天子，城亡與亡傾忠未。能先事預籌防，問心愧爲爾父從。今膝下成永訣，自恨忠孝難兩忠。臣多出孝子門，移孝作忠即克瞋。目叱咤皆欲裂，須臾碧血飛模忠。臣雖死猶如生，英名歷久載青聖。主褒忠下丹詔，湛恩賜卹修專忽。聞賊陷陽穀城，拍案驚起心膽裂。知君致命終不渝,果然爲國亡其軀。信至哭諸寢門外,掩淚一聲長嘻吁。忠魂縹緲上仙島,晚境傷心悲二老。更憐寡鵠空哀鳴,芝蘭失怙色枯槁。貞臣之後多克昌,至理可信於彼蒼。馨香萬代永弗絕,世人何不爲忠良。與君交固似金石,抽毫染淚述遺迹。吟成閣筆神惘然,萬籟無聲月華白。

計樹棠,字愛農,號嘯滄,臨榆人。諸生。著有《尋梅居士遺草》。

冬　　日

風雪釀新寒,人隨鶴倚欄。披裘猶說冷,念彼縕袍單。

客　　至

空庭雨過鳥飛還,煮茗熏爐數閉關。客到午窗無別事,共磨新墨畫秋山。

王宗謨,字顯文,一字敬齋,樂亭人。道光己酉舉人,官蔚州學正。《止園詩話》:"王敬齋學博性情肫篤,與人交,外似木訥而胸中涇渭自爾分明。平生讀書,最純於五經。四子書浸灌尤深,故所作制藝,理法兼到,人多傳誦。蔚文風素陋,科第寥寥。甲子秋試,獲雋者三人,皆其及門。後以目疾告歸,仍業舌耕。詩不多作,然亦往往有佳語。五言如'齋空渾忘暑,城小不聞更''山高千萬仞,邨小兩三家',七言如'未免俗塵聊爾爾,偶逢暇豫亦吾吾''四壁巉巖收黛翠,一輪明月破昏黃'等句,皆非躁心人所能領取。"

課小孫讀孟,偶拈八首,以示勸懲

世人役役逐風塵,謀利營私日損神。偶有萌生滋夜氣,旋因茅塞失天真。牿亡幾等牛山水,戕賊斯爲狼疾人。正路不由安宅曠,浮生寄此塊然身。

世人貪富日奔馳,百計圖維樂不疲。既已鷄鳴而起矣,更求龍斷以登之。皇皇緣木求魚想,擾擾援弓射鵠思。爲問本心曾失否,萬鍾亦有儻來時。

世人圖貴日營營,欲貴偏教趙孟輕。枉尺直尋求王霸,脅肩諂笑媚公卿。但知爵是朝廷重,何恇利爲上下征。儀衍不羞爲妾婦,豕交獸畜也光榮。

世人好異尚奇新,滅絕三綱與五倫。離母避兄廉亦僞,出妻屏子孝非真。歸楊不顧君臣義,學墨安知骨肉親。世道衰微邪說作,遂令夷教徧鄉鄰。

士人內省要澄觀,欲念消除理念還。養性性天常坦蕩,存心心境自寬閒。人禽祇判幾希界,舜蹠惟分善利間。擴我四端充萬善,富如晉楚意何關。

士人爲學力須殫,夙夜勤求莫苟安。掘井及泉方是竟,盈科放海也無難。七年病畜三年艾,一日暴防十日寒。循序漸幾無少息,從容升入孔家壇。

　　士人設教貴寬柔，亦視其人可教不。滕子在門心有挾，曹交假舘氣先浮。弈秋雖使二人聽，齊傅難當衆楚咻。往者不追來不拒，頑徒濫厠恐遺羞。

　　士人讀孟要精專，細玩七篇法戒全。子莫執中猶執一，淳于知禮不知權。功如霸顯皆非正，聖若清和亦有偏。則效尼山無過舉，不爲已甚是真詮。

　　王汝訥，字子默，灤州人。道光己酉解元，咸豐庚申進士，官山東青州府知府。記者云："王子默守青，值歲旱，自爲文禱龍神祠，詞旨懇摯。不數日，甘霖大注，秋遂大熟。後因祭告龍神入廟，爲刺客所傷，越一日而歿。刺客蓋緣參戎某積怨所致，子默實誤傷也。事聞，刺客凌遲，參戎褫職。贈子默太僕卿，廕一子，立祠。子默初授東昌，未到官，適青守閆均堂因事撤任，遂委之攝篆。及子默被害，而均堂復任矣。禍福之不可測也如此。閆亦吾鄉盧龍人。子默不甚作詩，其壽家慈詩有云'苦鍊精神擔福澤'，又云'婦到難爲孝始全'，二語極真切。"

羯　鼓　歌

　　花外鼕鼕鼓聲起，判斷春光問天子。天子自號爲天公，能參造化回春風。繁音急節相迴旋，樓臺掩映花如霰。宿雲漠漠慵不飛，流鶯亂入長生殿。誰言天子不當陽，自製一曲名春光。高樓舊夢抛華萼，一枕濃香醉海棠。咄咄天公技止此，南內歸來鼓聲死。漁陽鼙鼓胡爲來，天公至此良可哀。

卷二十

藺士元,字臚三,號少香,臨渝人。諸生。著有《梨雲館詩草》。《止園詩話》:"藺少香性蘊藉,善讀書,尤喜吟哦。體弱不勝衣,貌癯而神甚清。每科歲試,學使輒擊賞其詩賦,置之高等。年未四十,以羸疾卒。詩筆清麗妍綿,不染俗齷。所著《梨雲舘詩草》曾屬余點定。歿後無子,詩稿散佚;所錄數首,乃從郭廉夫比部搜討而得者也,已非其全璧矣。其佳句如'樹影偎牆瘦,鑪香出院清''花影半階月,笛聲何處樓''秋水濯明月,荷花生夜香''蟲語暮山靜,馬蹄秋水深''涼風吹野草,清露洗秋花''入世每防隨俗轉,尋詩常愛傍山居''霞因風力裁文錦,雲截虹腰作斷橋''學淺每防人問道,時艱方信己無才''名士游情宜作客,書生本色不嫌癡''異地雲山天末友,寒窗風雨病中身',吐囑風雅,可以想見其人。集中有詠史七律數首,其《詠李陵》云'祖業中衰懷射虎,故人無伴自看羊',《諸葛武侯》云'炎漢雄文終兩表,老臣本意豈三分',《狄梁公》云'子房總爲韓仇出,周勃終扶漢祚傾。一老先完親骨肉,五王方立大功名',《王安石》'才高偏爲周官誤,辨博翻令祖制更。一紙流民鴻鴈影,半橋春水杜鵑聲。朝廷黨錮從茲起,衣鉢先傳呂惠卿',不激不隨,持論俱極平允。"

墮　樓　詞

珍珠換綺羅,是妾承恩始。君爲妾捐生,妾爲君效死。落花憔悴香雲萎,千古艱難惟有此。君不見颭風亦侍石季倫,只解紗厨管文史。

唐老奴

夾寨一戰敵披靡,生子當如李亞子。惜未滅梁先代唐,三矢遺命負先王。沙陀將佐半耆宿,誰解逆鱗陳諫牘。麥秀黍離悲故宮,小臣翻作失聲哭。有唐歷年三百餘,宦寺慘禍如噬膚,結局竟有此老奴。

送魏鏡余之任湖南,月夜與同人餞於角山,賦二律贈之

蟾光高挹桂花天,分照離心太皎然。涼夜一杯金谷酒,西風千里洞庭船。明知繕後須良吏,無奈臨歧餞謫仙。莫惜今宵拌酩酊,來年秋月異鄉圓。

銅章墨綬出神京,湖水湖山一路迎。六載干戈憐赤子,萬家老幼託書生。才高自是神明宰,任重毋忘父母名。百里何曾淹驥足,花開滿縣樹先聲。

揚雄

太玄一草論滔滔,重謁新都著錦袍。畢竟投江異投閣,雲亭多事反離騷。

馬　援

躍馬橫戈老戰場,摩天銅柱鎮南疆。雲臺枉説椒房戚,不記丹青繪霍光。

高文煜,字子督,昌黎人。咸豐己未進士,官户部主事。

自悼即贈子玉

別後情懷淚滿襟,異鄉難遣歲華新。客愁似浪平仍起,歸夢如烟幻不真。處世無才成大錯,論交有我亦前因。良言藥石須頻寄,好勉今生了此人。

聞內子病

數年飄泊滯長安,回首鄉關鼻盡酸。嘆我無才拙生計,累卿多病減晨餐。登科翻悔言旋滯,覓藥還愁對症難。寄語春閨好調攝,杏花看罷理歸鞍。

觀風箏

三尺風箏百尺絲,忽然飄舉忽低垂。空庭鎮日閒無事,叉手看他起落時。

鄭束,字立甫,遷安人。同治乙丑進士,官刑部主事。《止園詩話》:"鄭立甫比部,竹軒明府子也。盍歲才名噪甚,踰冠成進士,未及二年,以羸疾卒。詩句如'鳥隨遙棹没,山逐去帆移''引泉通竹筧,燒葉帶松花''野花供石鼎,古蘚繡神衣''泉流隨石曲,山影逐雲移''秋深仍卧病,家近更依人''天到山中仄,人從鳥上行''瀑喧驚雨至,塔勢與雲争''星鋩沈水白,峰影逼天青',皆足嗣響唐人。"

山夜

寥寥萬籟寂,夜色湛虛清。削壁峭無影,流泉寒有聲。鐘殘僧入定,山静鳥知更。兀坐欲何待,衣襟涼露生。

還宿華嚴庵

禪關向晚閉,嵐翠窅重重。月影一庭竹,濤聲萬壑松。霜鐘聞睡鶴,蓮鉢豢真龍。豫話他年約，誅茅住對峰。

送范聲聞歸里

　　樽酒未能別，鶯啼正暮春。那堪游子恨，更送故鄉人。草色隨行勒，衫痕上輭塵。家山有薇蕨，慎勿厭長貧。

暮春病起書懷

　　輕風蔫蔫雨絲絲，幾日牆東見柳枝。小臥忽過挑菜節，懷人多在落花時。望中雲樹飛鴻杳，困後心情倦蝶知。欲把荷筒破岑寂，田田新葉恰盈池。

卷二十一

張九鼎，字象之，號雪樵，樂亭人。歲貢生。著有《得未曾有齋詩鈔》。記者云："張雪樵家多藏書，博聞強識，精力一歸於詩。所著《得未曾有齋詩鈔》，各體皆工。付梓之初，有摘其《義倉行》《捕盜行》諸作，謂其訕謗時政，訟於長官者。雪樵因作《責詩》詩，自爲解嘲云：'來，汝詩！吾本不汝瑕疵，奈與我周旋，種種誤我使人疑？丈夫鬚眉原自貴，苦吟能剩幾莖髭！尋聲摘韻苦無用，破盡工夫爾豈知？華屋高官誰不愛，窮愁偏與爾相羈！盛名招忌古同慨，驚人泣鬼亦奚爲？誰知更可速人訟，鼠牙雀角爭相隨！東坡之獄結未久，吾其次矣能勿危？幸當聖世容狂瞽，不然斷送老頭皮！主人待汝情豈薄？錦囊驢背從不虧。從今誓與風騷絕，往不可諫來可追！詩聞此言難自默：以此責臣臣有辭。人生窮達皆有命，紅杏尚書却是誰？雞林曾重千金價，主司有愛一聯時。不任受德豈受怨，奈何以此來相訾？君不見《畦桑歎》《養蠶詞》，民謠公論各如斯。美刺貞淫古不廢，不聞有人相訛諆。無乃制行實有缺，罪我詩歌豈所宜？主人聞言啞然笑：是誠在我非關伊。請與子釋前嫌、修舊好，花朝月夕仍相周旋不相離。'觀此亦可以相其風韻矣。其他佳句如'溪隨村勢曲，山到寺門開''春程芳草遠，山店杏花多''納涼臨水久，貪話舉杯遲''客孤投店早，馬老算程難''病覺鄉情重，貧諳客路難''馬病宵芻減，人歸夜話長''路生人問店，縣古土爲城''典慣衣多縐，賒來酒不醇''離家身轉健，近塞雨先涼''鄰雞啼上屋，山犬吠當門''謝客暫容今日懶，課兒重讀少年書''芳草綠烟千里客，杏花微雨一年春''月影上窗涼似雪,燈光臨曉大如螢''半湖芳草綠延客,一路好山青到門',皆是方家吐屬。"

捕　盜　行

捕役豢①盜與盜伍,縣官諱盜爲盜主。捕役豢盜豈有佗,日分盜贓所得多。縣官諱盜無他意,辦盜先與己不利。處分還憂降調嚴,移重挪輕爲盜地。君不見西家被劫曾報官,報竊方准報盜難。經年未見獲一賊,書吏需索却無端。又不見東家擒盜送官訊,贓證確然盜不認。須臾按定是誣良,盜却無辜民受困。民受困,何足矜;縣無盜,好官聲。月報常稱境内清,卓異應書循吏名。

關　門　吏

關門吏,當門坐,目無言怒色作。云司譏察備非常,西往東來難遽過。征人駐足車停驂,盤詰多端侮那堪。日暮途遙行未定,曉事行人脱囊贈。嗚呼!自古關防爲詰奸,國家設守非等閒。奈何此曹病行旅,有錢即過無錢難。君不見暴客紛紛早出關!

---

① 豢,原誤作爲"拳",據《永平詩存》改。下"豢"同。

里 正 來

里正來,聲如雷,老穉遥見輒驚猜。百姓見縣隸,如同長官至。婦孺多方具酒食,誰知難稱里正意,杯盤揮之皆墜地。入門先捉馬與騾,出門還索雞與鵝。馬騾爲備載兵用,雞鵝亦向大營送。稍敢誰何即稟官,抗差堪悲受刑重。百姓受杖方養瘡,來打秋風又下鄉。

知 非 子

晉徵士,隱柴桑;唐徵士,隱虞鄉。一邱一壑,一詠一觴。遥遥千載,異世同芳。養高釣名,所疑亦左。潔身遠亂,胡爲不可?軒冕泥塗,焉能涴我?累辭徵拜,矢志不移。陽爲衰野,墜笏失儀。惟期韜晦,何知惠夷?不事王侯,豈肯臣賊?絶食而死,死尤難得。庶幾志行,堪爲世則。廿四詩品,爲君之文。品詩如此,何以品君?落落欲往,矯矯不群。緵山之鶴,華頂之雲。

王 鐵 槍

人死留名豹留皮,男兒心事原如斯。鬭雞小兒何能爲,鐵槍勇決誰不知。動見掣肘功難期,兵敗身死乃其宜,朝梁暮唐焉用之?嗚呼!五季五十三年強,死節僅僅有鐵槍,惜哉所事乃爲梁!

客中除夕

長夜沈沈燭影圓，爐灰撥盡抱愁眠。蕭條作客偏經歲，老大逢人怕問年。身世已同花落溷，光陰真似箭離絃。雙親此際應相憶，爆竹聲中一慨然。

示兒

苦鍊應教字字安，何分島瘦與郊寒。爲詩大與爲人似，第一須知本色難。

山村

策蹇空山日已昏，小橋流水又何村。四圍松影數家住，黃犢隨人自到門。

朝鮮貢使張德基和余雜興韻一首，由沙河驛寄到，且稱余詩有激越多諷，可以復古之語，感成一絕

由佗身世誚青衿，費盡工夫愛苦吟。一事此生差不負，竟傳詩卷到

雞林。

陳晉三，字一齋，樂亭人。歲貢生。

放　　歌

上高明，下博厚。不知始自何年有，徧作人間大父母。人類胥禀血氣生，血氣偏陂心不平。吉凶利害競趨避，往往轉向彼蒼爭。彼蒼洪恩溥億萬，從古到今乾行健。災祥容有不齊時，那得人人各遂願。農夫要土潤，蠶婦要天和。下濕祝雨少，高燥祝雨多。不陰不晴非正氣，偪得天公没奈何。嚴寒透人骨，酷暑炙人肉。愁人苦夜長，志士惜日促。寒暑冬夏自相推，不管人間笑與哭。況人有如風散花，或落茵蓆或泥沙。殀壽窮通汎然值，誰問受者差不差。凡爲父母知愛子，愛子之權非由己。大父大母歸大造，能司成敗與生死。禍淫福善本無私，人事得失偏多歧。耽耽逐逐迷塵網，無非都爲利名羈。究之願不可遂，命不可違；得亦勿喜，失亦勿悲。但願人爲素位之君子，而爲其所當爲。

出　關　早　行

奔波不畏冱寒增，四載重過大小淩。客枕淒涼孤店月，征車絡繹滿山燈。霧籠馬鬣真成雪，霜拂人鬚半綴冰。豈爲遠遊灰素志？長風破浪尚思乘。

甯元常，字季眉，樂亭人。諸生。

賞花吟效張若虛還山吟體兼步其韻

賞花吟，百花開放春已深，請君賞花寬君心。人生到處貴適意，客中仍以花爲事，杏社梨園時一至。門內桃花落如雨，落花不掃香滿地。沽酒囊中自有錢，賞花飲酒可忘年。胸次悠然無一物，醉後狂歌我欲眠。我眠君去莫介意，明日再與君周旋。

嫠妃墓 有序

世傳嫠妃後事英宗，與唐巢刺王妃等。咸豐三年，掘塋得其墓，碑碣存焉。蓋亂離時投江死者，數百年沈冤一洗。

逆藩謀不軌，苦諫出紅妝。婦道雖宜順，君恩未可忘。孤忠昭日月，大義凜冰霜。全節從容死，墳頭土尚香。

崔際昌，字伯克，號廉泉，樂亭人，漢軍旗籍。著有《霽月軒詩草》。《止園詩話》：＂崔廉泉性情恬淡，好吟詠。曾有句云'浮沈世事全如夢，恬退心情半在詩'，亦可以見其人矣。＂

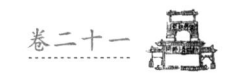

白　桃　花

瓊葩皎潔迥無塵，仙骨珊珊品最真。自許梅花同入夢，何須柳絮共爭春。鉛華盡洗超凡卉，色相全空證浄因。静對無言生妙悟，遥知明月是前身。

秋夜聞蛩有感

常因退想得從容，感物吟詩意轉濃。壯志蹉跎緣命薄，清時淹滯愧才庸。頻經好事成虛幻，莫向前途問吉凶。詠罷晴窗秋夜静，一燈閒對聽寒蛩。

袁嘉敖，字甘泉，樂亭人。《止園詩話》："袁甘泉少貧，廢學業繪事，性怪誕。中年親殁，恒垢衣敝屨往來於遼瀋間，自號鐵脚行者。晚又自號妻子酒肉和尚，以未祝髮而善諷經也。卒乃以頑道人自名。道人工書善畫，晚年畫多以指或以木筆爲之，而蒼勁尤絶。作詩不講聲律，出語頗有奇氣。鐵嶺魏子亨爲作《頑道人傳》，述其梗概甚詳。"

費宫人故里歌

天津市上紅塵起，步出西門行復止。忽見石碑峨峨矗道旁，上鐫費宫人故里。費宮人,生天津;奇女子,無比倫。上超古兮下超今,我道天地正氣、山川精神萃於宮人之一身。聞說宮人年十五,欲學煉石將天補。計殺闖賊報明主,怒刺巨凶一隻虎,巾幗英雄智且武。貂蟬、西子有易難,綠珠、紅拂無足數。我哀宮人歌一曲,對碑淚下紛如雨。吁嗟乎!劫數茫茫由前定,人力如何將天勝。博浪之椎同一歎,宮人大才真小用。君不見津沽之水波無痕,獨有荒碑故里存。杜鵑泣血猿夜哭,愁烟慘霧鎖重閽。寸土有幸埋香骨,悲風苦雨泣忠魂。天上一輪萬古月,至今耿耿照津門。

贈香厓先生硯

一片天然石,琢成天然硯。將來持贈君,翰墨香不斷。

途次葉家墳哭常五孝廉職卿

旅宿葉家墳,四垂凍雲黑。乍聞君訃音,燈光變綠色。今生無見期,幽明隔兩處。大呼閻羅王,何遽奪君去?世上人皆生,不信君獨死。極目望西南,颯颯悲風起。

王士琛,字崑臣,灤州人,諸生。《止園詩話》:"王崑臣少有大志,勇於敢爲。因舉土匪,羈留省垣,以病卒。其兄寶臣哭之以詩,有云'脊令急難家千里,城堞荒寒月一輪',又云'爲人常戚戚,爲我常惕惕。好善本至誠,惡惡如仇敵',又云'汝胡不少延,一朝喪九泉。汝生在我後,汝死在我先。

心長苦命短,汝志有誰憐'。觀此亦可想見其爲人。"

述　　懷

書中有理,心上有天。察之由之,他何知焉。
譬彼草木,栽培灌漑。歲月既悠,鬱然深蔚。

赴試永平渡灤水作

名利趨人甚,風塵感不禁。爲誰添悵望,河影淡人心。

魏錫祐,昌黎人。《止園詩話》:"魏錫祐,矩園太守子也,有才不壽。馬瑟臣有《慰矩園喪子詩》云:'佳哉公子故翩翩,繞膝從知愛惜偏。竟向人間留短夢,祇應天上絕塵緣。扶搖路墜三千里,讖兆詩成十九年。去果來因須洞澈,吳蠶莫問繭中纏。'注云:'錫祐《自題窗月》詩云云,竟成預讖。'"

題　窗　月

長途促促苦稽延,十七年來夢已旋。秋月春花都閱盡,依然故我又經年。

高承基，原名銘盤，字叔新，號小滄。遷安人，寄籍寶坻。實錄館議敘，候選巡檢。著有《小蒼筤館詩鈔》。記者云："高小滄，寄泉先生仲子也。蚤歲能詩，不負家學。從宦粵東，以疾卒。集中《讀史》之作，最爲擅場，其餘亦皆戛玉鏗金，不同凡響。佳句如'櫓腰隨石轉，篷背得風遲''天寒雲化水，雨重樹皴苔''芳草自榮悴，白雲時往還''蠻花迎客笑，沙鳥趁潮飛''飢寒消壯志，風雨觸離情''蟲聲咽微雨，鴉點亂平林''賣漿容大隱，彈鋏起新愁'，《金陵懷古》云'六朝花柳埋幽徑，千古江山感霸才'，《落葉》云'烟影冷埋芳草碧，晚風高捲夕陽紅'，《呈道卿師》云'如此愛才真巨眼，最難名士肯虛心'。此類頗多。"

居　庸　關

雲斂奇峰霽色開，夕陽紅上李陵臺。靈旗隱現琳宮起，廢壘荒寒畫角哀。嵐氣盡隨圖畫展，邊聲時挾雨風來。勒銘愧乏如椽筆，誰更磨崖試此才。

卷二十二

俗稱女子不宜作詩，信斯言也。彼《關雎》《葛覃》《卷耳》諸章，皆婦人女子之詩也，何以孔聖刪詩猶取以冠《三百篇》之首哉？可知詩也者，本乎性情，感於物類，無論男女，均應矢口成文，以作風雅唱酬之助。第恐鍼黹而外，井臼之餘，或不暇弄筆墨，而又無人提倡之督課之，則作詩一道，廢而不舉者多矣。民國以來，女學漸昌，設舉詩學一切盡弁髦棄之，何以希文明進步耶？昔李笠翁云："女子有色無才，斷乎不可。"故有句云："蓬心不稱如花貌，金屋難藏沒字碑。"信乎，詩爲女界同胞所最當急急講求者！茲集古今才女之詩若干首，另成一編。異日女界有志學詩者流，或於是而取法焉。是則余之所厚望也夫。

昌黎李夢花宗蓮氏誌

蔡夫人琬，字季玉，盧龍人。綏遠將軍毓榮女，高文良公其倬繼室，誥封一品夫人。著有《蘊真軒小草》。沈歸愚《別裁集》云："夫人無書不讀，諳於政治；文良奏疏移檄等項每與商酌定稿，閨中良友也。"《隨園詩話》："高文良公夫人名琬，字季玉，蔡將軍毓榮之女，尚書珽之妹也。其母國色，相傳爲吳宮人。夫人生而明豔，嫺雅能詩。公巡撫蘇州，與總督某不合，屢爲所傾，而公卓然孤立。《詠白燕》第五句云'有色何曾相假借'，沈思未對。適夫人至，代握筆曰：'不群仍恐太分明。'蓋規之也。詩集不傳。

記其《詠九華峰》云云,此爲其父平吳逆後獲咎歸空門而作也。"《止園詩話》:"南昌劉健《庭聞錄》載八面觀音與圓圓並擅殊寵。辛酉城破,圓圓已死,八面歸蔡將軍毓榮。其曹尚有四面觀音,亞於八面,歸征南將軍穆占。《隨園詩話》稱蔡夫人之母爲吳宮舊人,或即八面觀音歟?"

九 峰 寺

蘿壁松關古徑深,題名猶記舊鋪金。苔生塵鼎無烟火,經蝕僧廚有蠹蟬。赤手屠龍千載事,白頭歸佛一生心。征南部曲今誰是,賸有枯禪守故林。

沈歸愚曰:"綏遠將軍平吳逆後,隨獲譴咎,歸空門以終。四章皆懷滇南征戰地,兹因集隘,止登其一。"

白 燕

斬新毛羽趁青陽,分得天孫匹練光。桃渡飛鶯三月雪,梨梢棲訝一枝霜。封侯略類班司馬,化鳳應隨沈侍郎。不是仙家留不得,珍珠爲箔玉爲梁。

牡 丹

九蕊真珠百葉鮮,半含清露半籠烟。十分春占清明後,一種妍争芍藥先。舞袖乍飄翻錦繡,彩雲不散擁神仙。生花未夢江淹筆,敢擬輕裁五色箋?

江上聞鴈

秋滿汀洲夜氣清,涼飆颯颯遠鴻驚。來當寒磧霜初白,過盡空江雨乍晴。萬里客懷方輾轉,一聲雲際最分明。更長鐙炧虛窗靜,鬢雪知添又幾莖。

重過燕子磯

又繫蘭橈駐水濱,小亭重上獨逡巡。恰看白下還斜照,臘對青山似故人。幾杵疏鐘江寺晚,半林寒豔菊花新。憑欄更誦登臨句,望裏山川尚有神。

秋日山居

山竹溪雲好共居,此中風味是樵漁。三間茅屋斜臨水,五畝荒畦雜種蔬。恰喜新涼蘇病骨,漫將殘暑戀秋蕖。廿年一夢今何處,露坐空庭月滿除。

葵花

落寞西風黯淡姿,倩誰譜入上林枝。最憐一點丹誠在,不爲斜陽影便移。

王宜人竇氏，字蘭軒，灤州武舉人王廷勳繼室，舉人山東知縣庚之母，進士東昌知府汝訥之祖母也。著有《蘭軒未訂草》。《止園詩話》："造物忌才，而於女子尤甚。女子之有才者，率多貧夭，或早寡，或遇人不淑；求其才福兼全者，概難其人。王太宜人，字蘭軒，閒静工詩。所適武舉陛臣公，恂恂儒雅，白首相莊；其子若孫科第蟬聯，又得親見其盛，殆所謂才福兼者非耶？宜人姊蓮溪，弟桂園，皆能詩，刻有《詩庭合集》行於世。宜人佳句，如《晚景》云'芙蓉凝冷豔，楊柳淡秋光'，《冬夜》云'啼鴉驚夢斷，冷月入窗斜'，《雨後》云'山含雲氣白，花映日光紅'，《夾竹桃》云'幹留高士品，花映美人容'，《夜坐》云'月冷千家杵，窗明一院霜'，《送春》云'一株綠暗三更雨，滿徑紅殘半樹風'，《白鸚鵡》云'柳暗晶簾綃帳暖，花明珠樹玉樓春。綠衣那許誇公子，縞袂還應憶美人'，《題桂園書齋》云'簾幕遥遮君子竹，莓苔亂落女兒花'，《看蓮》云'花凝朝露潘妃步，葉挹清風楚客裳'。烹鍊有法，不作小窗喁喁口角。"

秋　　閨

宛轉深閨裏，秋來恨更多。燈花餘斷夢，夜雨響殘荷。坐久聞哀鴈，情深損翠蛾。他鄉經歲客，消息近如何？

春　柳

沿河倚岸雪初消，一簇青葱護板橋。少女學妝調淺黛，美人薄醉舞纖腰。最宜葉底黃鸝囀，不用香招粉蝶飄。擬折一枝留贈別，春風幾度送歸橈。

秋　夜

悵望銀河淺，遙聞玉漏殘。回欄風露冷，佇立不勝寒。

送蓮溪姊

人生蹤跡等飄蓬，此日分襟亂寸衷。目極歸帆何處是，淡烟縹緲有無中。

哭妹馨芝

故國燕來春漠漠，窮泉人去路漫漫。模糊一樹桃花影，疑是香魂暮倚欄。

吊于烈女女灤州人，字同邑張氏。壻赴武闈，故於京。貞女聞訃，吞金卒

麗質娟娟殞夜臺，歌成黃鵠志堪哀。貞魂合向瑤池去，種作蓮花並蒂開。

再送蓮溪

幾回搔首望晴空，握手傷離兩意同。驛路不堪重極目，故園迢遞亂山中。

陰烈婦李氏，小字印孃，灤州人，樂亭陰鳴岐室①。陰烈婦李氏，灤州茨榆坨人，少穎異，六歲時，母口授《毛詩》，輒能默誦。稍長，命輟讀，習女紅，而窗前燈下，恒琅琅有誦聲。後從其舅授涑水《通鑑》，輒了了。年二十一適陰鳴岐，伉儷甚篤；二年餘，生一女。夫婦研磨筆墨而深自斂秘，曰："婦惟無非無儀耳，何所事此？"又年餘，岐忽遘時疫，病洽旬，遂歿。婦哀毀盡禮，翼晚乘間盡焚其所手書籍及平日自爲詩草，而人弗覺也。時方爲死者送路，聚芻靈紙錢於門外火之。火既熾，見一火珠騰空飆起，旋復有一火珠隨之，飄飄入雲際。觀者咸聳異焉。噫！吾聞精氣爲物，孚尹旁達；當是時，婦已有必死之心，其毅然內斷於中者，自未易淺窺，而精誠勃發，其光氣固已引星辰而上耶？既哭送歸，婦侍姑稍坐，舉止如常。命之

---

① 此句下，《永平詩存》有"陰子翼先生《女士奇行傳》云"，《碣陽詩話》脫。

寢,始歸房,向其女兀坐久,提撫而哺之。哺已,謂僕婦曰:"且寢之對屋牀上,我稍靜片刻。"僕婦抱女去。既聞箱篋索索有聲,推門入,見婦方整理衣包,堆置滿牀。勸之且歇,則答曰:"汝視此零亂,明日族中人來,殊不雅觀。我即寢,汝且去休。"蓋此時已三鼓矣,僕婦亦倦極,退出。逾時,將欲解衣臥,忽見對屋門隙燭光外射,光亮異常。趨視之,門閉不得入;穴窗一窺,則婦直立窗上,噤不能聲。諦視之,有帛懸於樑,遂大號。家人俱驚起,抉門而入,氣已絕矣。上下咸集,見婦儼妝如生,口鼻如息,鬢髮無一絲亂,蓋更妝束而後引決也。目微矚北壁,壁上著《絕命詞》一章,道其必死之心,及所以宜死可死之故。邑中士大夫覽其詞者,皆稱其義烈焉。

夢中絕句

夜色明如許,輕舟泛水前。采蓮應滿載,不使月空懸。

絕命詞

高堂不可爲兒傷,盡節由來婦本行。小女已託於季父,兄弟自奉教姑嫜。貪生言語非吾意,老死冰霜孰與詳。百歲空存無上計,此時何必再思量。

鄭淑,字荇洲,自號琴亭女史,灤州旗籍,翰林官河南知府李希彬室。著有《琴亭女史殘稿》。《止園詩話》:"琴亭女史姓鄭氏,名淑,字荇洲,豐潤人。父武精詩畫，每握管，恒依左右。親授經史詩詞，故所作古近體詩皆有家法。年十七，歸灤州李希彬爲室，卒年二十。"

長信宮擬古

院落深沈秋月明，月明如水秋陰清。長信宮中人獨坐，手擎團扇難爲情。秋草生庭正寥寂，忽聽風飄仙樂聲。坐聽仙樂淚如霰，風月幾經時物變。焉能有翼若晨風，凌風飛到昭陽殿？昭陽殿裏舞腰斜，歌臺煥爛歡樂加。三千錦帳搖金步，十二長裙落翠華。長信宮中月初靜，亂蛩吟伴牽牛花。出花寂寂漏聲愁，幾點流螢度玉樓。窗飄翡翠空橫檻，簾捲珍珠不滿鈎。長信宮中春不到，昭陽院裏那知秋。自從隻影憐相吊，祗緣如玉人一笑。紅顏寂寞淚痕新，終宵惟有殘燈照。殘燈耿耿夜初長，下階也學舞霓裳。莫訝衣寬舞不起，本是當年承寵妝。一陣涼風吹滿院，幾回斷絕我中腸。但願化爲明月影，流光還許到昭陽。

宋氏，字宜堂，樂亭廩生張山室。史香厓云："余門人張山，字亦仙，詩人雪樵子也，著有《退學齋詩草》。其配宋氏亦能詩，幼時隨父宦山右，過韓侯嶺得句云'前有漂母後呂后，生死皆在婦人手'，頗有句法。同治元年春，忽作小詩云云，亦仙訝其不祥，已而果然，時年四十有一。"

偶　　成

啼鳥聲聲急，東風陣陣催。落花春已盡，好待隔年開。

高順貞，字德華，遷安人，直隸試用知縣江西劉垂蔭室。著有《疊翠軒詩集》。星源女史王炳輝題其集云："前身應自廣寒來，閨閤爭傳詠絮才。料得劉晨夫壻好，也應問字侍妝臺。"《止園詩話》："德華夫人，詩人高寄泉先生女也。幼聰慧，五六歲時從其父兄問字，讀《毛詩》《女誡》及《唐宋詩醇》，略皆上口。繼取其家所藏諸名家詩集，徧加繙閱。偶學拈韻，不待點訂，居然穩愜，殆夙慧歟？集中佳句甚多，五言如'風竹敲寒月，霜花勒晚香''夢隨啼鳥散，愁逐落花飛''柝聲繁似雨，離緒湧如潮''君雖慣行役，妾豈願封侯'；七言如《寄懷清湘》云'數載盟心投氣味，一從分手換年華。畫到芙蓉憐共命，夢爲蝴蝶亦相尋'，《呈家大人》云'驚心海內猶傳檄，謀食天涯苦抱關。兩地有親垂白髮，故鄉何處買青山'。皆有家法。"

贈　　外

歸君近十年，琴瑟諧佳耦。清夜戒雞鳴，勖君慚益友。時難愁祿養，抱關薄升斗。今子將出山，心知語難剖。敬爲書管見，君其擇可否。四海尚燔燧，勞民事奔走。既苦差役煩，生業焉能厚。或搆雀鼠端，終歲罹枷鈕。盡傾比戶資，飽侵胥吏口。所賴長官賢，身各安農畝。婦子同欣欣，歡樂逮雞狗。拯民如拯溺，臨淵急援手。教之誠務本，孝弟其爲首。慎哉作牧難，民生關國久。願子裕民財，勿爲兒孫守。

驅車過大田，永晝日當午。憫彼田中人，耘作何辛苦。春耕方播種，鋤苗需夏雨。秋風禾黍登，輸納入官府。不辭力穡勤，免受催租侮。何故華堂中，日夜事歌舞。閒坐雜娼優，歡宴娛朋伍。酒盡付纏頭，青蚨那能數。使君戒奢華，萬民快瞻覯。君或理一邦，揮金休如土。白頭親已衰，黃口兒待哺。薄俸能幾多，贍家猶不補。民間汗血資，忍更相剝取？青樓一夕歌，中人產二户。願子識財難，毋爲顏色蠱。

寒夜與蘿洲兄圍棋

剪燭敲棋夜未闌，吟肩頻聳耐宵寒。橘成尚作林中隱，柯爛徒勞局外觀。千古輸贏爭一著，百年日月走雙丸。何時南望烟塵净，風雪連天正渺漫。

恭送家大人之任粵東

文章早歲冠騷壇，乍喜頭銜换冷官。老境誰期逾嶺嶠，詩名天遣繼蘇韓。半生歸隱輸彭澤，千古從征愧木蘭。此去花田春正好，長途珍重勉加餐。

休從宦海感升沈，食禄何方有夙因。改轍漫嗟遷左秩，出山無計息勞薪。愁看華髮難爲別，名到珠江那濟貧。一語臨歧須記取，風波穩處早抽身。

渡滹沱

驅車北向渡滹沱，流水年華感逝波。惆悵臨風一懷古，青青宿麥滿長坡。

憶同大母共南轅,往事依稀欲化烟。十四年來重過此,春風回首淚潸然。

正月接家書,知大人安抵欒城,喜而作此

年來出險幾如夷,別後頻牽萬里思。今日還鄉仍是客,開函喜極淚翻垂。

經時二豎久纏身,十載離家苦憶親。佗日承歡雙膝下,轉愁難慰白頭人。

李氏,遷安舉人李綸室。史公香厓云:"遷安李春卿孝廉之夫人李氏,本邑人也。工詩,善繪事。其元孫女蕙卿適吾邑姜生文德,藏有詩稿一册。余索觀之,見其《哭妹詩》云'妹死夫前終是福,算來猶勝未亡人',語極沈痛。他如'西風催鴈信,涼雨濕蟲聲''霜冷黃花地,風高紅葉天''簾疏好受玲瓏月,庭敞愁當去住風',皆有句法。"

秋間聞鴈有懷季女

有女分離久,秋深霜落初。簾垂香篆冷,窗暗夜燈虛。亦有群飛鴈,難傳兩地書。最憐三徑外,看菊迹蕭疏。

秋夕偶成

銀漢西斜暑氣收，珠簾不捲控金鈎。蛩聲四壁人初靜，月轉桐陰上畫樓。

白碧桃

洗淨鉛華愛淡妝，玉顏三五映蟾光。飛瓊本在瑤臺住，肯去人間賺阮郎？

春雨

明媚春光二月時，苔痕新綠柳垂絲。昨宵幾陣催花雨，紅到牆頭杏一枝。

除夕

柏酒難澆暮景愁，勞生碌碌老無休。拚將弱骨支家計，又是一年將盡頭。

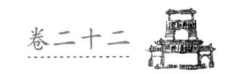

牡　　丹

唐宫曾記受恩榮，羞與羣芳抗手行。富貴千年名不改，人間閥閱定推卿。

鄭氏，豐潤人，候選同知儼女，候選訓導孫岱室。史香厓云："余曩欲爲《永遵詩存》之刻，因與遵屬相距稍遠，採訪無人，故止成《永平詩存》一書。己巳仲冬，余自保陽入都，得晤溟陽孫鐵珊學博，出其太孺人詩數首，屬余甄録。因亟登之，用附卷末，以爲他年續刻《永遵詩存》之券。鐵珊名孝先，己酉拔貢生，亦工詩，著有《横雲山館詩鈔》。"

嬾①雲草堂題壁

雨後芭蕉翠，風前藥草香。濕花黏蝶粉，煖樹炙鶯簧。窗寂屏山静，堂虚硯几涼。閒雲真箇嬾，不似世情忙。

此間堪避俗，寂寞似山家。峰叠玲瓏石，亭栽紅白花。槿籬三尺短，苔徑一條斜。最好攜涼簟，藤陰坐啜茶。

---

① 嬾，原作"懶"，據《永平詩存》《遵化詩存》改。

秋　夕

豆花棚下候蟲吟，移得藤牀就綠陰。殘日漏雲收雨腳，好風吹月到天心。涼生庭竹驚秋早，香遞池蓮覺露深。静夜哦詩不成寐，銀河清淺漏沈沈。

寄　外

深秋微雨夜窗寒，客裏風霜襆被單。爲語飛鴻傳好信，聊將一紙報平安。

久客關心露又霜，書齋竟日爲人忙。畫眉窗下閒題句，坐對菱花細較量。

即　景

疏簾半捲晚風微，紅豆花梢淡夕暉。一掬秋心無著處，閒看蠛蠓作團飛。

繆寶娟，字珊如，常熟人，灤州知州李搏霄之正室也。夙慧工詩，著有《吟秋閣詩草》。

春　閨

東風似翦柳如絲，恰好春華正及時。試啟碧紗窗六扇，牆頭紅出杏花枝。

一番花放一番新，恰恰鶯聲過比鄰。最是蘭閨清絕處，微風不動頓紅塵。

懷貞如姊

妝臺眠食近何如，走筆殷勤問起居。秦嶺雲高橫一燕，衛河水闊滯雙魚。憑欄已是花開後，捲幔剛逢月上初。此際相思千里共，幾番西望倍躊躇。

先慈諱日記夢

夢裏分明昨夜還，覺來依舊失慈顏。空餘一枕思親淚，點作湘妃竹上斑。

和永郡太守 有序

歲庚子，拳匪肇亂，鑾輿出狩。明年和議成，而土匪蠭起，州縣不寧。永平太守閔邊來灤，知繆夫人工詩，先以詩贈之，夫人因賦此奉酬。

千林月黑鳴鴟鴞，狐狸夜竄豺狼逃。出民水火登衽席，如時雨膏苽芄苗。賢哉太守古循吏，重念民困猶煩焦。疾惡如仇除務盡，威及海澨兼山坳。上廑九重忠憤激，下紓萬姓憂心忉。魚懸於庭嚴郗饋，羊亡諸野勤補牢。北平今後爲樂土，海邦估客來千艘。昨晨按部此駐節，御李欣仰龍門高。濁世獨立真佼佼，狂瀾肯使終滔滔。新詩示我愧且感，愛民憂國含風騷。況復隨車有甘雨，四野盡洗驕陽驕。尹翁歸才兼文武，誰其繼者人中豪。漢廷宰相出郡守，德威遠布兵氛銷。盤根錯節見利器，歲寒獨有松後凋。三復次山椿陵作，欲報愧乏雙瓊瑤。

古　　鏡

滄桑閱歷幾千春，寶物摩挲辨未真。籀篆模糊銘字蝕，土花剝落蘚痕新。常懸萬古青天月，徧照六朝紅粉人。妝罷玉臺頻拂拭，重逢賞識在風塵。

奇女篇贈舒城孫廉清女史

皖江勝地多山水，山川靈秀鍾奇女。紅塵中現菩薩身，普救衆生如甘雨。舒城方伯本望族，深閨有女顏如玉。天生慧質淑且貞，譬彼幽蘭苣空谷。盈盈十二垂髫日，忽地萱闈抱奇疾。諸醫束手藥無功，刲臂療親代蓂術。無如一病入膏肓，高堂從此慈容失。父老煢煢阿兄死，弱女膝前權代子。殷勤侍父終天年，長齋繡佛深閨裏。鄭州之岸黃流摧，一決千里如奔雷。父南子北妻兒散，誰能拯此哀鴻哀。女承父志捐良田，貲得青蚨百萬千。遠近聞風盡興起，災黎從此獲安全。巴婦齊嫛今已矣，從來賢媛誰堪比。仁風穆行古難兼，惟君不愧奇女子。感爾慈祥出性真，相逢渤海亦前因。姓名久已達天聽，芳徽異日垂貞珉。

吳航邱女史伯馨，詩才卓越。中東之役，慨時事之多艱，痛心家國，因讀杜甫《諸將》作，拈諸君"何以答昇平"句，擬成轆轤體五首，以寄其良人。桂霞真吾道子吁忠愛之忱，殆不以巾幗而少減也。

其　　一

諸君何以答昇平，奉使無端激衅生。莫慰吾皇憂社稷，翻教上相負承明。東溝船破烽烟急，南海筵停鼓吹驚。戎首獨無才靖難，中原從此沸如羹。

其　　二

浩劫關東太不情，諸君何以答昇平。欣聞董子陳韜略，愁聽吳兒曳甲兵。鐵路轉思鎚豎亥，金星猶復耀長庚。老成第一推劉錡，赤手仍能掣巨鯨。

其　三

纷纷威旅困群英，厚禄曾無衆志城。天子非常賜顔色，諸君何以答昇平。銅臺炮委兵先潰，鐵艦波騰械盡傾。枉費卅年陰雨計，可憐丁謂玷公卿。

其　四

難得臺民仗義争，誰知蛇足百無成。林含敗類猶貪賄，唐儉庸才枉請纓。聖代即今多雨露，諸君何以答昇平。憐他越石揮戈起，空說英雄振振聲。

其　五

坐愁桑梓寇氛萌，安輯哀鴻仗衆擎。巾幗還思報君父，男兒況要立功名。馬江有恨天猶泣，鷺鳥無情水尚清。慚愧峨眉學杜甫，諸君何以答昇平。

黔南瓦蘭芬女史，爲清鎮蕭伯平醱尹淑配。學術湛深，兼長詩賦。中東之役，感懷時局，吟成七律三首。忠愛之誠，溢乎言外，讀之洵足令人興起。

滄海桑田幾變更，可憐蒼昊太無情。三鯤忍陷衣冠藪指臺灣，百雉空營錁石城指威海、旅順。夫堉位輕難報國，木蘭我愧學從征。深閨長向深宵拜，翹首呼天祝太平。

呼天天道竟無知，太息輸金割地時。巾幗猶思爭氣節，沙場幾箇副鬚眉。揮戈日暮光留影劉永福踞臺南，擊楫江中誓有辭張香帥力阻和議。畢竟生男纔是好，乾坤大局賴撐持。

時局循環信有因，蛾眉無分繪麒麟。諸公袞袞知匡復，世變滔滔互屈伸。東國霸圖心在莒，西岐王業誓書秦。聖明有詔多哀痛，詔有"當此創鉅痛深之日，正我君臣臥薪嘗膽之時"云云。誰沼吳兮只自新。

長白佩珊女史，與蘭芬如宛若交。平居文字往來，時有倡和。蘭芬感時三首，囑伊次韻，乃依歌而和之。

蘭閨夢破月三更，厭聽良人話敵情。榆塞雲排鵝鸛陣，妖星焰熾鳳凰城。尋常小醜誰輕縱，百萬雄兵枉出征。落得于思成笑柄，幾人奇計過陳平。

戎機輸與敵人知，枉復銜枚雪月時。毛遂縱橫空脫穎，某公請自將滅寇。羽書星火急然眉。六軍日慘雲旗色，大將神驕露布辭。我軍屢北而督師者猶設免死牌，諭敵人降。獨笑填然曳兵走，留將節鉞倩誰持。前首鵝鸛陣謂視師者不出關。

和戎辱國證前因，傳列匈奴繼獲麟。武帝窮兵雄略遠，班超投筆義旗伸。上書幾輩雖憂漢，約法三章卒蔚秦。二百年來寬大政，及今更與萬方新。

金女士婉勤，字淑昭，錢塘人，山西巡按使金公道堅之女，我昌縣長孟群公之妹也。幼聰穎,喜讀書,於經史子集博覽其全,使天假之年,傳經續史,曹大家不是過也。惜未竟其才,年十九而病故。其詩文遺集,盡付剞劂,無煩鈔錄。茲擇其詩之風雅秀麗者,登記數則如左。

薄暮登太原城遠眺四首

歸鴉幾點背斜暉,暮靄蒼茫隱翠微。一片風帆汾水遠,漁歌起處白雲飛。

水村山郭辨人家,野樹含烟映晚霞。返照有時驚影亂,鷺鷥飛破夕陽斜。

依稀低草見牛羊,四起炊烟接大荒。荷鋤應憐揮汗苦,人歸天送好風涼。

水天一色接重樓,萬里長空碧欲流。夾道槐陰歸步緩,風生翠袖晚來秋。

至天津寓居河北有感

十年隨宦去天津,河北重來景物新。畫棟連雲殊故日,垂楊夾道自成春。東西萃處開商埠,陸海交通縮汽輪。富庶何人籌保障,莫將重鎮等輕塵。

聞孟群大兄自青縣調任昌黎喜成一律

報政期年羨長兄，居然化俗盡歸耕。人無佩犢千家樂，庭有懸魚兩袖清。去矣難留思北怨，來兮何暮慰西迎。韓公贈邑敷文治，會見光芒萬丈生。

淮陰侯

一飯千金未足論，誰哀把釣困王孫。風塵物色超劉項，感激難酬漂母恩。

登太原城覽古，君協師見示長歌，因據虬髯公傳廣其意以和之

遠眺荒城亘百堵，傳聞龍飛居九五。千秋過訪晉陽宮，只有烏啼花落樹。憶昔公子楊裘來，真氣已能驚牖戶。內征外攘奮戎衣，濟世安民爲霖雨。乾坤整頓日光華，功成工歌七德舞。其間應運異才多，餘子碌碌何足數。嘗慕矯矯虬髯公，天命有歸識去取。弗忍於野戰玄黃，橫海樓船遙用武。又慕犖犖李藥師，謀勇俱優超房杜。八陣精通變六花，賢將尤作興王輔。一原幽壑裏潛蛟，一本深山中臥虎。會合尚待際風雲，滿腹雷霆暗不吐。被褐懷寶賞音稀，當時相逢皆目瞽。猝於半面知兩雄，卓哉青眼出眉

嫵。紅拂未入先生詩，珊網遺珠竊敬補。銅琶高唱大江東，楊柳低聲慵發譜。神州擾擾歎陸沈，環顧疇是中原主。蒼生渴望屬斯人，綢繆國家誰敢侮。但得郅治媲貞觀，後之視今猶視古。禱告河嶽降英靈，我亦閨閣馨香炷。

徐淑儀女士，字鳳青，樂亭人，江西參將靜山公女，我昌孝廉張仁波之妻。著有《清徽閣詩草》《紅藥軒詩鈔》。

水　仙　花

玉骨冰肌絶俗塵，水中仙子畫難真。花開不借陽和力，清極還腴自有春。

仙姿綽約歲寒香，雪沁芳心不怯涼。豈是凡根生下土，天然宛在水中央。

示　弟

弱冠辭家賦遠征，罷官十載客燕京。知交枉説令狐楚，獲義深慚辛憲英。世乏陳蕃誰下榻，才非杜牧莫談兵。從戎入幕成何事，休厭申申向屈平。

張女士馨祖,字喬菜,昌黎人,孝廉仁波女。

詠　雪

侵曉寒風透絳紗,推窗遥望白無涯。林園橫壓千竿竹,桃李齊開萬樹花。如絮漫天飛片片,因風滿地掃家家。樓臺入夜看逾好,皎潔無聲映月華。

橫斜六出任風吹,冒雪誰將鶴氅披。點地無階非玉砌,入林有樹盡瓊枝。清新欲擬相如賦,皎潔真同姑射肌。幾度小窗拈素管,吟哦愧遜謝家詞。

詠　史

傭耕悵悵詎無因,狐火魚書託鬼神。一舉竟成鴻鵠志,豪傑響應卒亡秦。

驚聽四面楚聲多,駐馬虞兮奈若何。倘使鴻溝不畫界,難成一統漢山河。

古稀年歲計猶奇,舉珙無成事可知。玉斗一雙撞地碎,君王大業竟如斯。

張女士兆枚、檀,字佩菜、級菜,昌黎人,孝廉灼暉女。著有《詠絮樓集》。

詠李烈婦,婦趙姓,樂亭高小校畢業生李樹森妻。樹森習商長春,因疫病歿。婦葬夫畢,仰藥卒。

兆枚詩曰:

鶺鵒比翼今生已,寧效鴛鴦會雙死。黃鵠吟成夜月昏,青鸞馭去暮烟紫。三疊驪歌郎語悲,儂生郎死儂依誰。郎棺歸來儂事畢,木折女貞風倒吹。衹服潛藏毒蓄久,緩語猶然慰慈母。矢誓如聞曠日吟,捐生爭似孤燈守。阿姑阿母供號咷,儂自飲鴆同醇醪。以死殉郎了儂志,詎圖勁節邀榮褒。黃泉路近關山遠,北邙安厝郎魂返。但願早償同穴盟,彭殤齊說可修短。地下相逢事有無,夜臺聚首定歡娛。不生不滅無遮礙,勝作人間婦與夫。

兆檀詩云:

摩笄山下碧血流,貞魂夜哭神鬼愁。趙家生女多節烈,誓繼共姜詠柏舟。隴西李益求淑女,秦樓喜偕鳳凰侶。桃夭賦就詩一篇,結髮齊眉兩心許。新婚三月郎遠征,望夫石上不勝情。他鄉學賈久離別,後會恐應隔死生。何氏許殉韓憑死,辭堅諾重誓井水。豈期戲語成讖言,雪壓瓊花竟不起。噩耗忽聞天外來,悽然腸斷青陵臺。鴛鴦飛到雄已失,黃鵠歌就聲堪哀。苦席素幃痛欲絕,生願同衾死同穴。阿娘勸慰淚如絲,烈婦堅貞心似鐵。婉言反自慰萱堂,命也如斯復何傷。歸家不改昔時態,盤匜依舊奉姑嫜。歲杪驚聞夫櫬至,親奠酒漿爲承嗣。儂夫葬畢儂心安,字蕆皮金遂初志。烏啼月落魂暗銷,郎魂儂從何處招。陰陽只隔一重路,黃泉不似關山遙。地下尋郎會相見,紅塵萬事何足戀。一言既諾重千金,飲鴆如飴色不變。嫦星一夜落九天,遠近傳聞意黯然。懷清臺築傍鴛塚,留得貞名萬古傳。

西　　施

女兒女兒身許國，爭說吳王重顏色。香車迎出苧蘿村，女伴浣紗辭水側。屧郎靜坐掃蛾眉，壓倒齊姜並衛姬。陽自承恩陰報怨，春花秋月幾含悲。姑蘇臺上歌還飲，蕩槳採蓮帆繫錦。博得君王帶笑看，甯識戈予藏衾枕。果然霸越竟亡吳，且逐鴟夷泛五湖。鳥盡弓藏心亦懼，范金曾鑄美人無。

除　　夕

星稀燭盡夜慵眠，荏苒虛過十五年。分寸光陰須愛惜，恐聞雞唱五更天。

跋

　　《碣陽詩話》一編,孝廉李宗蓮夫子所手著也。民國初年,升受業程門,風雨談心,每嘆先達遺稿年湮日久,散逸不存,因定採詩之約。吾師肩之,升不才,亦竭力蒐羅,積數稔,所采既富,又參以同人所輯錄,而卷帙遂成。歲丁卯、戊辰,夫子倦遊,暇日時時以稿與升參訂,并屬繕清綜編。內遺詩自國初至今一百八十餘人,分爲二十二卷,觀其體例,悉具精心,蓋吾師肆力於是編已閱四五寒暑矣。十八年冬十月中旬,與升面商壹是,擬付梓工,夫子情願出資爲棗梨費。庠生王澍雨、孫善繼等專司讎校事宜。一切告竣,將求當代搢紳先生爲之序,因升知其顛末而屬爲述之。升不敢辭,爰書其略如此。

　　　　民國十八年己巳十二月受業王漢升敬跋於本校書齋